今天天氣晴

Wow, what a sunny day!!!

劉中薇 著

一直以來，我所追求的，是愛、希望與勇氣。
我相信有愛、有希望、有勇氣的地方，就有了溫暖的力量。

於是我真心寫下一個故事，一個可以讓人感到溫暖的故事。
每天我用虔誠的心敲打愛的文字，
我深深相信，有一種溫度，會在字裡行間飄散出來，傳送到你的手上。

我閉上眼睛，真誠祈求：
但願愛、希望與勇氣無限傳遞。
但願孤單的被擁抱、憂傷的被撫慰。
但願每一顆敏感的心，感受到我亟欲擁抱你的——溫暖！

《推薦序》

難得的『可愛羅曼史』

南方朔◎文

《今天天氣晴》是部羅曼史，但這部羅曼史卻和其他羅曼史都不相同，它不像『奇情式羅曼史』那麼奇詭冷峻，也沒有『軟情色羅曼史』那樣喜歡加進許多性暗示和性描寫，更不像當今西方『新羅曼史』那麼喜歡用職場新角色如名媛、女戰士、女主管等當主角，《今天天氣晴》的角色平凡，都是些都會普通女性，她們缺乏迴腸蕩氣的愛情遭遇，也沒有才子佳人的淒豔場景，但儘管平凡，都平凡得有真性情，她們可愛、善良、體貼，她們合奏出了難得的『可愛羅曼史』！

而說起『羅曼史』這種文字類型，人們就難免要為文字史上的盲點叫屈，自從現代小說興起後，在經過初期的百家雜陳後，很快的，小說的定義權和解釋權就落到了學院人物手中，他們形成了文字的『解釋社群』，以沉重為美的文字判斷從此成了主流，而小說裡的羅曼史就和古典戲劇裡的喜劇一樣，都難免遭到邊緣化的命運，絕大多數人都習以為常的認為羅曼史不過是大、中學校園女生、家庭主婦或工廠女工的心靈鴉片煙，是為這些灰姑娘愛情的虛幻精神聚會，讓她們可以逃避現實的不滿，這種『逃避論』早已成了人們根深柢固的觀點。學者們甚至還普遍認為，羅曼史早已形成了一種『羅曼史文化』，它使得女子們以討得男子歡心為人生目標，而不以個人成功為努力的方向。學者們甚至於還認為女生太重視戀愛而不重視職業生涯，乃是婦女的社會位階流動緩慢的原因。

喜劇和羅曼史這兩種文學類型的污名化和邊緣化，乃是文學史上的重大公案，特別是到了文學現代主義興起後，小說日益往技巧和批判這方面移動，人們對羅曼史也就更加忽略。

平心而論，羅曼史與現代化小說相比，它在技巧表達上和生命深度上，確有不及。但若据此而遽於認定羅曼史的無價值或視之為心靈鴉片煙，則確實過度偏論。例如婦女在職場的流動性緩慢，女性主管比例偏低，這乃是職場上的性別歧視所致，和『羅曼史文化』何干？將它歸咎於『羅曼史文化』，乃是因果倒置，彷彿受害人成了害自己的加害人。

不過，儘管羅曼史長期被污名化和邊緣化，但一種文字類型的存在，它終極的認定權仍在讀者，羅曼史這種小說類型在長期的被忽略中自求多福，它不但存活了下來，甚至還在大眾閱讀市場獨領風騷，在歐美小說市場裡它獨佔百分之四十左右，每年大約出兩千種，每年賣書約兩億冊。一九八〇年美國有三十七名羅曼史作者發起組成『羅曼史作家協會』，目前該協會成員已逾萬，羅曼史小說的勢頭因此可見。

人們，特別是女性喜歡讀羅曼史，用過去的逃避和作夢來加以解釋，這其實是種極大的偏思。人類無分男女，都有一個必須用愛情來填補的心靈破洞。縱使現在這個時代，由於社會變遷，觀念改變，愛情與性看起來已唾手可得，但由離婚率的日益攀高和各種愛情新問題頻繁的出現，卻也顯示出愛情這個心靈破洞不但未曾縮小，反而日益擴大。愛情是認同，是許諾，是相互的取悅，是彼此必須殷勤灌溉，愛情這個心靈破洞難以填補，這也是羅曼史這個小說類型儘管在評論界不被看重，但一代代讀者卻前仆後繼，而且越來越多的原因。

人們說情話，無論怎麼說都是『我愛你』這句話的變異，由於情話說了幾千年，想要說得與人不同，的確千難萬難，基於同理，要把愛情這個題材寫得有特色，也確實不易。但儘管愛情這個題材不變，但因人與社會的改變，愛情的表達方式卻有著一定的軌跡。過去，阻礙愛情的因素極多，因而人們偏愛愛情悲劇，用別人愛情的不可得來灌溉自己的感情苦澀。到了今天，阻擾愛情的因素已滅，悲劇已顯得有些做作，人們遂傾向於把愛情視為一個認同及自我成長的過程，並以『快樂結局』收尾，把愛情視為認同與成長的過程，在珍・奧斯汀（Jane Austen，1775-1817）的作品裡已創造了典範。她的作品皆以女性的愛情和婚姻焦慮為始，經由瑣碎而細膩的性別互動，最後終於在更高境界的人格成長上達到快樂的結局，閱讀這樣的作品，對讀者而言，其實是提供了一個愛情的『烏托邦瞬間』（utopian moment），它也對人的可能性提出了一些啟示。

而《今天天氣晴》就是一部以成長為主軸的新型態羅曼史。它表面上很有新新人類那種總是少了一根筋的大而化之和經常短路，但事實上則是很有隨遇而安、不鑽牛角尖的特性。於是這樣一群渺小的眾生，遂合譜出了一則大型的羅曼史。小說裡的幾個主角如年已二十九的雜誌社小記者徐詠晴、紡織公司小會計阿香、感情生活扭曲的婚紗女老闆伊雪莉等人，在經過一番遇合後，都從『誰來愛我』的苦悶裡修成了愛情的正果。而最獨特的，乃是這群女子在她們的互動中相互支持與鼓勵，用當代女性主義理論家南茜．丘多洛（Nancy Chodorov）的說法，乃是當代羅曼史裡經常都有著一個重要的元素，那就是『母性的再生產』（Reproduction of Motherhood），意思是說它會在人的互動中將母性這一面激發。她們相互間的母性體貼，以及對身世坎坷的大學女生Wednesday的關係，就讓這種母性關係表露無遺，甚至可以說，相互間的母性關係乃是愛情中的主要成分，缺少了這種關係與浪漫，愛情必將難久。

小說裡的一干人物，最後都在愛情中比較踏實而溫暖之處停了下來，找到歸屬，而沒有在表面浪漫但卻華而不實處浪漫熱情。這是作者在小說裡所透露出的愛情觀。對此，小說裡還有一段反調插曲：有一個愛情專家愛倫在報上有個『愛情觀測站』專欄甚受喜愛，但最後卻發現這個『愛倫』其實是男子艾倫之誤，而他卻是個浪漫花心的愛情騙子。由這段反調插曲做為對比，作者以浪漫、體貼、善良、可愛等元素為內容的愛情觀已具理無遺。

愛情是什麼？它始終而且將永遠是個難解的謎。但由千百年來人們不斷的描寫愛情，卻也顯示出如果脫離了浪漫等心靈元素，再怎麼驚心動魄的愛情恐怕也會像煙火般難以長久，或許，人們踏破鐵鞋找愛情，最後終於發現愛情就在燈火闌珊的不遠處！

《自序》

呼喊晴日溫暖的力量

劉中薇◎文

那麼，關於這本書的故事好長，幾乎要從二〇〇五年春天開始說起呢！

我不太記得那時節的天氣了，不過，呃……肯定不是豔陽高照。

那時候的我，人生處在一種難以解釋的焦慮裡。

我在報社工作已滿五年，那五年裡，我完成碩士學位，出了幾本書，參與一些偶像劇編寫，還很幸運當上最年輕的報社主編。可是我想拋下這一切，展開一段流浪與寫作的生活。

當然這經過一番掙扎，畢竟從一個很好的狀態離開，需要一點勇氣。但我揮一揮衣袖，還是要走。

我寫了浪漫無比的辭呈，只差沒滴下兩滴眼淚證明我的不捨。說來有趣，我的朋友們比我心疼，唉唉叫著，好可惜喔！這麼好的狀態，妳竟然說走就走……

但我總想著，沒放下這些，沒有往前走去，怎麼知道未來的路上會遇見什麼？我的冒險精神仍是支持我往未知縱身一躍，朝著模糊難明的霧徑邁進。我願意赤裸裸地將自己拋給世界，我想看看世界會回應我什麼。

差不多就在那個時候，我開始構思這個故事。『沒完沒了多重思考症候群』的我，始終無法控制我活潑不安的思緒，我想要寫一個故事，基調是溫暖、幽默、詼諧，我要寫愛。我相信，愛會以不同的形式出現，但愛就是愛，有猜忌有不安有惶恐，但有愛，一切會不同。

後來，鄧安寧導演正巧找了我，想要製作一齣有關單身女子的電視劇，我跟他討論我手邊正在醞釀的故事，他哈哈大笑，我知道故事裡面的幽默感，是我們對人生共同的態度。可惜太多因素沒有談成，而我的一顆心蠢蠢欲動，早已迫不及待想到遠方。

同年九月，我拎著皮箱，一飛，飛到紐約去了。

在紐約、加拿大、墨西哥飄浪的那幾個月，每個角色在我心中越來越鮮活，甚至會在夢中跑出來與我對話。他們要發生的事情，那麼多愛的渴望與試煉，親情的、友情的、愛情的，有點荒誕，但又無比真實，讓人想笑，又讓人同情。

我知道，無論如何，我要讓這個故事問世。

二〇〇六年二月從美洲歸來。

《今天天氣晴》寫了兩萬字，便擱淺了。

『沒完沒了多重思考症候群』開始襲擊我，我在考慮有沒有更好的敘事方式去架構這個故事。暫時還想不出來，我就將它放著。

然後，我著手寫了另一個長篇故事：《愛在世界開始的地方——墨西哥漂流記》，我寫愛與信任。

這個信任更深層，是一種相信，對世界以及生命的篤定。

願意去相信世界的友善。

願意去相信我們被愛擁抱。

願意相信生命的奧秘自有安排。

願意相信縱然流淚，但美好的事情一定會發生。

二〇〇七年出版後，收到各地的讀者寫信給我，告訴我他們看完《愛在世界開始的地方》的感動。也有讀者，千里迢迢到我演講或教學的場合找我，請我簽名。有學生捧著書，迫不及待與我分享他喜歡裡面哪幾個句子，用螢光筆認真劃了線。我看到那些閃閃發光的彩色線條，簡直忍不住淚光閃閃！

其中讓我驚喜到難以承受的，是一位大陸讀者，她一針一線親手縫製四個抱枕給我，這四個抱枕合併在一起，綻放成一朵燦爛盛開的向日葵！

這朵向日葵從廣東佛山漂洋過海而來，我收到包裹，還傻乎乎不明所以，納悶著我並沒有訂購棉被啊！為什麼有這麼大一箱包裹呢？直到拆開紙箱，當下為這熱情綻放的花兒感動得幾乎要落淚。

能夠因為一本書，與不同的讀者交會，在某個時空裡我們如此相知共擁，我覺得是一件好浪漫、好美麗的事情，每次總惹得我哇哇大叫，要不就緊緊摟抱著對方，傻傻笑著。

當然，這些是後話。

寫完《愛在世界開始的地方》，我一直沒有進行出版的動作，書稿擱了好久。然後我開始重新執筆，書寫《今天天氣晴》，那已經是二〇〇六年深秋的事情了。

說來有趣，寫《今天天氣晴》的時候，其實我的日子天天是陰天。

我的健康出了狀況，醫生警告我，我的免疫系統即將潰不成軍，我最好開始過老人生活，保持吃好、睡好、沒壓力的狀態，我掩著嘴笑，唉呀！公主病呀！這下不當公主都不行了（嘻嘻，真是找到一個好理由）。

我的愛情也出了狀況，我失戀了。年輕女孩的失戀難免帶點詩意，我的失戀雖然沒有比地球溫室效應來得嚴重，但是我體質孱弱，悲傷療癒期特長。牙疼不是病，疼起來一樣要人命呀！

最糟的是，我的人生也出了一點狀況。

我知道自己古靈精怪，鬼點子特多，但是我忽然對一切提不起勁，不知道要做些什麼？許多工作邀約，我卻沒有絲毫興趣。

這才發現，原來，人生沒得選擇的時候一點也不糟；有太多選擇，卻不知道要選擇什麼的時候，才是惶恐的開始。

我感覺自己在懸浮，在無以名狀的空洞裡，漂流漂流漂流……

我一向開朗，笑得開懷無比，可是那陣子我卻無法控制每個深夜的淚水。

不斷質疑自己為什麼寫作？不斷質疑價值在哪裡？可我沒有答案。

有一次，家族聚餐，我沉默不語，好久不見的老爸用關懷的眼神望著我，我低聲囁嚅：『除了說故事，其他的事情，我好像什麼都提不起勁……』

老爸看著我，深深地對我說了一句話：『王建民除了打棒球，關穎珊除了溜冰，其他事情，也什麼都提不起勁。』

我趕忙起身，藉口去洗手間，然後我看見鏡子裡的自己紅了眼眶。

我的手臂孱弱，舉不起球棒。

我的韻律不好，無法旋轉飛舞。

我只有一枝筆，但我想用這枝筆溫暖世界。

真心的，溫・暖・世・界！

說實話，我實在不知道自己怎麼可以在傷春悲秋的人生氣氛中，寫出這麼溫暖快樂的小說。

也許我是邊寫邊鼓勵著自己，天氣，一定晴！

後來，很奇妙地，當我秉持著這個信念，將《今天天氣晴》寫完的時候，我的世界，果真放晴了！

我終於揮別後青春期的焦慮與灰暗。

大步奔向陽光燦爛、豐美自在的晴日花園。

我告訴自己，就溫暖世界吧！
用故事的力量來溫暖世界吧！

我寫劇本，用影視作品溫暖螢光幕前的觀眾。
在校園授課、演講，用熱情直接溫暖台下的聽眾。
持續發表文學作品，用文字溫暖天涯海角的讀者。

因為擁有散發溫暖的願念，我也不斷被溫暖擁抱著。
我感到我的世界充滿了晴日溫暖的力量。

你知道嗎？
這個世界不全然美好。
人生裡的失望往往比希望多。
悲傷在黑夜總是來襲。
想哭的時候始終無法讓眼淚不流下來。

但是呀！抬起頭來，陽光可從來沒有消失過！
我曾經不斷質疑自己為什麼寫作？不斷質疑價值在哪裡？後來我決定不再思考這樣的問題了。

我想寫，就寫吧！當不寫的焦慮，大於寫的時候，就只能讓文字流瀉，讓作品恣意流動成美麗的圖樣吧！

我，就只能是我。

我就寫我自由的心靈，寬廣的世界吧！

陰天忽然就過去了，書寫這些文字的今天，天氣晴！

不管你處在陰天、雨天還是颱風天，和我一起呼喊晴日溫暖的力量吧！

祝福閱讀我文字的你，每日醒來，都能擁有萬事美好的一天喲！

1

燈火輝煌的深夜，城市一間小公寓的房間裡，一台未關機的電視正熱鬧上演著談話性節目。

穿著性感的主持人堆滿矯飾笑容，口沫橫飛說著：『根據最新數據顯示，台灣的單身人口數超過六百萬人，單身男女無偶率已經攀升到近二十年來的最高點。單身是公害嗎？單身有什麼苦衷？有什麼樂趣？你也一樣在愛的路上踽踽獨行嗎？一起來看看大家怎麼說……』

電視螢幕裡的畫面一轉，轉到停車場。

停車場內車位全滿，一位老氣橫秋的女人正停在一旁等待車位。

女人搖下車窗，老實不客氣地對著鏡頭說：『你不知道嗎？女人找男人，就像在找停車位一樣，好的停車位，老早就被停走了！壞的車位即使你不想停，但逼不得已的時候也只有屈就。』

她嘆口氣，繼續說：

『百分之六十的好男人在他們二十幾歲的時候就娶了二十幾歲的妙齡女子。

『剩下百分之三十的男人在他們三十歲的時候，也娶了二十幾歲的妙齡女子。

『剩下百分之十，哈，好巧不巧，他們在四十幾歲的時候也看上了二十幾歲的妙齡女子。

『所以我們這群不是妙齡女子的女人，只有下班看連續劇、假日租ＤＶＤ，提早想想退休生活該怎麼過……』

女人的話還沒說完，前方一個空位，快狠準地被另一輛車硬生生搶入。

女人一臉錯愕。

奪得好車位的車主，悠悠打開門，伸出一雙白皙修長的腿，老天！又是一位妙齡女子！

女人霎時垮下臉，忍不住趴在方向盤上哀慟大哭了起來。

畫面一轉，來到科技公司。

一位穿著防護衣的高科技人員正專注觀測著檢驗儀器。

他木然地抬起頭，拉下護目鏡，十分無奈地面對鏡頭，他充滿冤屈，忿忿不平一吐心聲：『你以為我喜歡單身啊？我一天工作十五個小時，假日也在加班，我能約會的空檔只剩睡覺時間，如果周公有女兒，我巴不得一天送上一朵玫瑰，最後睡進她的香閨！』

畫面一轉，來到外商銀行的高級客戶理財區。

一位雍容的女性理財專員得體微笑地面對鏡頭。

雖然她穿著制服，但世界名牌的高檔手錶、鑽戒、耳環、提包，無不顯示上流品味。

她對著鏡頭優雅有禮地回應：『我每天經手的帳目都是「億來億去」，可惜追求我的男人都沒有「億來億去」的身價。』

櫃檯前的客戶打量她一番，問：『請問妳……有「億來億去」的行情嗎？』

女性理財專員孤芳自賞說著：『至少我有「億來億去」的品味和眼光！』

畫面一轉，來到汽車展售中心。

一位憨厚的主管，帶領大家走到展售中心最後面的秘密倉庫，輕輕打開燈，倉庫裡面赫然陳列著一排頂級古董車。

主管撫摸著其中一輛，愛憐地說著：『我這輩子鍾愛的車子只有一輛古董限量車，雖然我買不起它，但是也不表示其他的車子就能滿足我……，』他的眼中閃爍著光芒，堅定地說：『我願意花一輩子的時間去期待那輛車！』

畫面一轉，來到一所醫院。

醫院裡病患與醫護人員忙進忙出。

一位看起來幾近崩潰的纖細護士，手發抖拿著針筒神經兮兮東張西望。

小護士激動地扯著喉嚨，用一種顫抖悲鳴的聲音陳述：『我對病人有耐性，我打針從不出錯，我熱愛工作，我奉獻一切，我愛人如己，我覺得自己很好啊！可是……可是……為什麼沒有人愛我？』說完，她像是有著滿腹委屈那樣，爆哭了起來。

『為什麼沒有人愛我？』、『為什麼沒有人愛我？……』

這一聲聲吶喊，從電視機裡傳送出來，緩緩飄蕩到城市上空，變成一個又一個透明而輕盈的泡泡，盤旋半空中，哀傷凝滯。

城市裡睡夢中的人們，內心角落那一塊平日隱藏極好的寂寞，也被聲聲的呼喊召喚。『為什麼沒有人愛我？』、『為什麼沒有人愛我？……』一個個脆弱的渴望，在此時被誘發孕育，慢慢幻化成晶瑩剔透的泡泡，悠悠地、柔柔地，靜靜往上空飄浮齊聚。

哀傷的泡泡一個融合一個，最後將整座城市緊緊籠罩，如一層薄薄的膜，隱隱透著霧光，這一刻，所有的夢都停格，薄膜迸發出金黃色的光輝，短短一瞬光彩奪目，隨即消失，散逝殆盡。

夜繼續沉靜。

夢繼續上演。

『歡迎光臨，歡迎光臨，』電視機裡的主持人口沫橫飛說著，『恐愛的、想愛的、等愛的、錯愛的、不愛的、殘愛的……歡迎光臨愛的國度……』

電視機開了整夜，沒有關上。

天漸漸亮了。

陽光透過窗子亮亮地灑進來，滿室恬靜，日光溫暖。

我的身體正以一種十分不協調的方式賴躺在床上，動也不想動。

這個房間稍嫌凌亂，幾個紙箱拆開了，幾個還密封，處處顯出剛搬進來的失序。

鬧鐘作響，久久不絕。

過了一會，門外傳來急促的敲門聲。

『喂！徐詠晴！拜託，鬧鐘是叫妳，不是叫我好嗎？快起床啦！』門外扯著嗓子的這個女生是Wednesday。

沒多久，床頭的電話響起。

門外再度傳來急促的敲門聲。

『喂！徐詠晴！拜託，接電話！』

我掙扎地伸出昏沉的手，摸向話筒。

『幾點啦？還在休假啊，搬家整理好了沒啊？要不要媽上台北幫忙啊？喂？詠晴啊？快起來啊，晚上那個陳媽媽的兒子約吃飯，妳可別忘啦，就當去認識朋友！好啦，就這樣啦……』

『啪』一聲就掛掉電話，連再見也不說。

這是我老媽的風格。

我是我老媽的女兒（廢話）。

徐詠晴就是我。

我就是徐詠晴（廢話、廢話。請原諒，當我呈現無腦狀態的時候，往往會不知所云）。

詠晴，毫無疑問，這個名字是美麗的，雖然我沒有人如其名的那樣美麗。

我，身高號稱一六〇（精確來說是一五九．二），A罩杯（也曾經B過，真的），體重最新出爐的數字是54（測量狀態是裸體）。

從小到大，表現平庸，一路走來，始終如一。

沒有出色的成績，只有出糗的事跡。

仔細回憶起來，真是血淚斑斑。

有一次，爸爸帶我到台北青年公園遊玩，看見草地上有隻可愛的山羊在吃草，天真的我欣喜若狂，正要撲上前去撫摸牠的頭，沒想到牠先狠狠踩了我一腳，造成我的腳趾瘀青多日，從此心生恐懼，長大以後連吃羊肉爐都有障礙。

有一次，鄰居死黨舉辦爬樹比賽，我一馬當先衝到最高，但是因為得意忘形，一不小心就從樹上摔下來，屁股痛得差點裂成兩半，還壓死一隻無辜的金龜子，傷亡慘重。

有一次，一夥人到溪邊捉魚，每個人都從水裡拎出一尾大魚的時候，只有我拎出一條水蛇，當場花容失色、慘叫連連，水蛇緊咬著我不肯罷休，害我左手腫得像麵龜。

上了小學，穿新衣的那天一定下大雨，大隊接力輪到我就掉棒，當過最久的幹部是衛生股長，拿過一次一百分是因為老師弄錯。

國中時候僥倖被編入A段班，不過我的名次都是從後面開始找起。默默心儀隔壁的班長，但他三年來跟我說過的唯一一句讚美是：『妳掃廁所的姿勢很好看。』

高中時候情竇初開，吉他社社長自彈自唱的模樣深情款款，五音不全的我為他加入社團，用堅忍不拔的精神早操晚練，只是我笨手笨腳連四大和弦都還沒學會，才子學長已經為美麗的學妹高唱情歌。

大學畢業前好不容易談了一場短暫的班對戀，一畢業他就去當兵，他數饅頭我數車票，癡癡苦守最後兵變的竟然是他。他說他愛上福利社之花，每天一見到她人就變傻，如果不去追她，就會愧對青春年華。

跌跌撞撞地長大，這才發現老媽取的名字高深莫測。

望著老媽發福的大屁股一扭一扭在菜市場裡扯嗓殺價的猛樣，很難想像她年輕時候曾經有過一絲文藝氣息，為我取出這樣文謅謅又意欲深遠的名字。

我想老媽不只是要給我一個美麗的名字，她期許我能夠時時保有歌詠晴天的好心情，不管陰天、雨天、颱風天，心裡面都有陽光普照、晴日溫暖。

就像我的座右銘：**無論如何糟，今天天氣晴！**

算一算徐詠晴這個名字已經陪我度過二十……八年又三百多天了。

叫徐詠晴的我，喜歡吃吐司的時候把硬邦邦的邊邊裁掉（因為我吃軟不吃硬）。

喜歡把水裝在酒瓶裡當酒喝（其實我根本不勝酒力）。

喜歡聽水從酒瓶裡倒出來的時候啵啵的聲音（你不覺得很悅耳嗎？）。

喜歡洗澡的時候用肥皂泡泡做成皇冠，佯裝自己是公主（誰叫大部分的時間我只是一個供人使喚、踩在腳底的上班族）。

喜歡穿著花花的睡衣睡覺，想像自己翻滾在花園裡面（其實我的小窩又小又難窩）。

一點點小事就可以讓我開心很久，也許我是一個很容易滿足的女生吧！

雖是如此，我的心裡卻深埋著一個偉大的夢想，我的夢想是浪跡天涯，走到地球最遠的盡頭去感受世界上最溫暖的陽光。

這念頭聽起來可能有點蠢，可是對於擁有『詠晴』這個名字的我來說，被陽光吸引該是命中注定。

你可別不相信我，等到有一天存到一百萬，我馬上會展開我的流浪計畫！

喔喔，這下知道我說的『偉大』是什麼了，浪跡天涯其實一點也不偉大，最遙遠的盡頭、最溫暖的陽光也不是難以達到，偉大的是要存到一・百・萬！

說到這，趕忙拆開紙箱，搜出我的世界地圖，爬上梯子，將它平貼在床頭正上方低低的天花板上（這樣每晚睡前我都可以看著世界入睡）。然後，翻出工作這些年的存款簿，上面印著密密麻麻的交易數字，來來去去剩下來的數字十分微小……唉。

在還沒有存到一百萬之前，我還是窩在這個繁華的台北城裡，努力工作，認真生活，體悟現實與夢想的差距。

我搬進這個房子是二十九歲前三天的事情。

我不知道別人是怎麼度過二十九歲生日的，我的卻是非・常・倒・楣，雖然對於霉運我從不陌生，但老天爺這樣對待我青春尾聲的生日，說實在，我感到忿忿不平。

時間要倒推到幾天前。

那天出差到屏東一個偏遠小鎮，我孤零零走在荒涼的鄉間道路上，正在迷路的時候，手機突然響起。

是房東太太打來的，她語氣不太好：『徐小姐，妳的房租早就到期了，不是叫妳把東西搬走嗎？』

『房東太太對不起啦！我最近這陣子都很忙，還沒時間去找房子，我又臨時被抓來南部出差，我又累又渴還找不到我的受訪者，我還要幾天才回去，我一回到台北馬上就去搬……啊……』一聲慘叫。

是我發出來的。

我的話還沒說完，一個沒踩穩，整個人跌進大水溝裡面！

手機一甩，狠狠拋得老高，又狠狠摔落地上，當下四分五裂。

『我……我的手機！』

我緊急把散落四處的手機拼起來，再一低頭，發現衣服也弄髒了，手也擦傷了，絲絲鮮血正滲出來，一股刺痛感迅速蔓延。

看看手機，抽出SIM卡，只有SIM卡碩果僅存了！

就這樣，我的行李被房東丟在門口，我的手機被房東謀殺，而我人在南部，根本沒辦法處理搬家的事情，只好拜託阿香先幫我找房子。

阿香，江美香，我的同窗、死黨兼閨中密友，高中時候會一起手牽手上廁所的那種交情，我的戀情慘案她全程目睹，女生只要有了這樣一段同生共死的交情，這一輩子都會有不可磨滅的深厚情感。

阿香現在在一家我認為老舊、八股的紡織公司做事。老闆是她姑媽的表哥的爸爸的朋友的……總之，就是親戚的親戚的公司。阿香最大長處就是精打細算，因此做一個循規蹈矩的小會計，再適合不過。

阿香迅速幫我找到房子，我跟公司請了三天假，打算好好清掃我的新房子，還有整理我那乏善可陳的前二十八年人生。

時間回到搬家那天！我提著大包小包，捏著寫有地址的小紙條在巷弄裡東拐西繞。豔陽高照，汗流浹背，擦傷的手臂還有點疼，一路走著，奇怪遍尋不著這個地址。

我的手機掛了，只有走到公用電話前，準備求救。我大概八百年沒用過公用電話了吧！

『阿香，妳有沒有記錯地址？我繞了好久都找不到啊？』

『沒錯啦，就是三十八巷八號三樓，房東是高小姐……我不能跟妳說了，老闆在盯我……拜！』阿香壓低聲音，火速掛下電話。

我手上有提袋，身後還拖著一個大行李箱，異常沉重，相當吃力。

三十八巷八號三樓？啊，原來是三十八巷，不是八十三巷，我搞錯了。

抬頭一看，前方巷口不正標著『三十八巷』嗎？

按門鈴，從一聲，到兩聲，到急促好幾聲就是沒有人應門。

十分無奈，靠著行李呆坐下來，等了好久，沒人理我，我覺得自己下一秒就要等成石柱雕像……

就在這個時候有個年輕女生走了上來。

『妳找誰啊？』她瞥我一眼。

『我找高小姐，我跟她租房子……』

『我就是高小姐。』

『妳就是高……小姐？』

眼前的這個女生一臉稚氣，馬尾束得老高，手上掛滿叮叮咚咚的飾品，耳朵掛滿一整排耳環，手臂上印有刺青，緊身低腰牛仔褲恰恰好露出肚臍上的肚環。

這樣一個又時髦又酷的小辣妹，自稱高『小姐』？

她邊說邊開了門，『這是我爺爺買給我的房子，但是太大了，乾脆分租給別人，嘿，我還順便可以賺點零用錢！』

哼，可真精明……

門一開，放眼望去有一大面窗戶，陽光充足。沒有特殊的裝潢，不過布置倒是相當摩登，家具多半來自IKEA。簡潔、俐落。唯一覺得怪的是，在現代感的空間裡，正中央的大面白牆上卻掛著一幅古意盎然的書法作品，豪邁揮灑著：『古今多少事，盡付笑談中』。

書法寫得很好，可是掛在這裡十分突兀。

我不禁問：『這是妳爺爺掛的啊？』

『不是。』

『那是？』

『這是我寫的、我掛的。』她一臉正經。

我詫異地再看一眼，筆道蒼勁，成熟老練，竟是出自她這個小丫頭？我半信半疑望著她。

她理都沒理我，繼續自顧自地介紹：『喏，這是我的房間，那間是妳的……』

『妳的？我的？妳是說妳要跟我一起住？』我大吃一驚，『所以妳是我室友？』

『不，我是妳房東！』

『妳跟我一起住還要收我一萬塊房租？』

『如果妳要自己住那我就要收兩萬了！』

一聽到這麼高的房租，我當場洩氣。

『我看妳沒有男朋友喔！』她冷眼打量我。

『妳又知道我沒有男朋友？』我反問。

『如果有，妳又何必自己扛這麼大的行李搬家？』

我的確沒有男朋友，但一眼就被看穿還真不好受，好像自己很沒行情。我白了她一眼，忽然發現新奇的事物。

『妳眼睛怎麼了？』我問。

『什麼怎麼了？』

『看起來黑黑的，妳跟人打架啊？』

『這叫做煙燻妝。不過天氣太熱，現在妝都糊掉了。』她邊說邊從包包裡掏出一串鑰匙，『我要去墾丁玩幾天，這幾天家裡只剩妳一個，這串鑰匙給妳，妳慢慢整理！』

『妳就這樣走啦？高……小姐？還是高妹妹？』我喊住她，我還不知道她的名字哩！

『叫我Wednesday。』

『Wednesday？』

『星期三？為什麼叫星期三？』

『因為黑色星期三。』

『黑色不是星期五？』

『因為星期三在星期二之後，星期四之前。』

『妳很喜歡星期三嗎？』

『不是。我最討厭星期三。』她冷冷地回我。

什麼跟什麼啊？

她叫Wednesday，不過她最討厭星期三！

她最討厭星期三，但是她卻叫星期三？

我瞪大眼睛，完全聽不懂她在說什麼。我真的要跟這樣一個化著煙燻妝、全身都是洞、講話聽不懂的小妖怪住在一起嗎？

Wednesday俐落地將門關上，留下我呆呆地拿著鑰匙發愣。

這間公寓忽然顯得空盪冷清，我拿起電話撥給阿香，劈頭就是厲聲質問：『江美香，我怎麼不知道有人跟我一起住？』

『是嗎？我也不知道啊，我只是看見招租單上寫著條件是「單身女子、無不良嗜好、沒有寵物、不帶男人過夜」，這不就是妳嗎？所以就幫妳聯絡，租啦！』

『「單身女子、無不良嗜好、沒有寵物、不帶男人過夜」？妳怎麼不乾脆幫我加上「生活平淡、一事無成、異性緣差、孤老終身」？』我沒好氣說著。

『唉喲，別這樣啦！我沒有功勞也有苦勞啊！』

我還能怎樣？

我都搬來了，也只能這樣了。

拉開窗簾，讓陽光透進來，我開始整理這個陌生的新居，這個居所即將陪伴我度過馬上到臨的二十九歲生日，以及二十九歲後的每一天單身生活，一天、兩天、三天、四天、四十天、四百天、四千天……不知還要陪伴多久！

我開始拆箱子、鋪床單、掛衣服、擦地板，忙進忙出。

偶爾出門，總是會望見對面一扇緊閉的門，這就是城市生活，永遠不知道對門鄰居住的是誰，甚至，有沒有住人。

不過我確定我的對面是有住人的，因為門口擺放著一雙性感的細跟高跟鞋。

有天晚上我吃飯回來，看見高跟鞋旁邊多出一雙男鞋。

我轉身要去開我的門，卻聽見對門傳來略顯激動的女性聲音，那不是歇斯底里的咆哮，而是壓抑過後仍然顫抖的低鳴。

我忍不住好奇地多停留一會，隱隱約約聽到一個女人的聲音啜泣著：『那你回去，別再回來啊！』、『我不要這樣……』

我想把我的耳朵打開一點，卻又感到有點罪惡感，我這樣算偷聽嗎？是不是很不道德？怕有人突然出來，我趕緊安靜回到自己的租屋裡，倚著門，過了一會，聽見對門有人開門聲，我偷偷開了一個門縫，窺見一個男人匆匆離去的背影。

對面門口的男鞋消失了。

我悻悻然又關上門，雖然好奇，但我可不想多管閒事。

裡裡外外忙了一陣，搬來的第三天，是三月二十一號，是我二十九歲生日。

三月二十一，是春天的第一天，小時候老爸總說我是春神送來的小孩。

生日每年都在過，第二十九個生日應該也沒什麼稀奇，但是一想到這是二字頭的最後一個生日，又好像有些什麼在心底發酵……

記得高中二十歲生日時跟阿香一同唱著伊能靜的歌：『忽然之間就走過，十字頭的年齡沒留下什麼……』如今一晃眼就變成『忽然之間就走過，二字頭的年齡還是沒留下什麼……』

沒關係，我還有阿香，阿香會陪我一起慶祝（或哀悼？）。

我撥了電話給她：『江美香，快到了沒啊？我準備了很多滷味、小菜，還有妳愛吃的提拉米蘇。』

電話那頭，阿香卻是支吾了起來：『詠晴，對不起啦！我老闆叫我加班，有一筆錯帳，我正在努力查出來……對不起啦……提拉米蘇改天吃也可以啊！搬新家，改天慶祝也可以啊！』

豬頭，今天是慶祝我二十九歲生日！

『沒關係，妳忙吧，我自己吃。』努力擠出一個笑容，掛了電話。

這屋子空盪盪的，連空氣吸起來都是冰冷的。凌亂的房間襯托著孤單的生日蛋糕，這個生日一點也不快樂。

被房東趕出來、跌進水溝、擦傷手又摔壞手機、最好的朋友忘了我的生日，這就是我的人生嗎？

我被世界遺棄了嗎？

擦擦眼淚，開始自我安慰：一定不是大家遺忘了我，一定是因為我搬了新家，所以沒收到賀卡。

我休假沒進公司，所以沒收到鮮花。

我的手機壞掉了，所以沒有接到大家的祝福。

一定是這樣的。

我企圖這樣說服自己，卻禁不住哀嚎：『天呀！我竟然好感謝我的手機掛掉了！這樣就算全世界都忘了我，我也不會知道！』

孤零零瞪著插著數字『29』的生日蛋糕，忽然心頭一陣酸楚，該不會九十二歲的時候，我還是一個人吧？

白髮長滿頭，皺紋爬滿臉，嘴巴皺皺地跟包子一樣，孤零零瞪著生日蛋糕，只是『29』變成『92』，還是沒人一起唱生日快樂……

『祝妳生日快樂，徐詠晴生日快樂！』我恐慌地趕快自己對自己大聲說。執起紅酒，對自己乾杯。

孫燕姿『我要的幸福』放得很大聲，我把酒瓶當麥克風，唱得比孫燕姿更大聲：

我還不清楚　怎樣的速度

符合這世界　變化的腳步

……

……

幸福　我要的幸福　在不遠處……

聲嘶力竭胡亂吼著，混著酒精的麻醉，簡直唱得肆無忌憚。

那用力的程度，似乎想把沉睡已久的幸福大聲喚醒。

幸福就在不遠處嗎？

孫・燕・姿・有・沒・有・騙・我？

筋疲力竭後，我癱在床上，很快地昏睡了過去。

我曾經聽過一個說法，在二十九歲生日那天，如果你盯著蛋糕上的生日蠟燭一直看、一直看，假如你可以從蠟燭的火焰中心看出一個愛心的形狀，那麼，你許的願望一定會成真！這是老天爺送給青春結束的禮物！

如果二十九歲的生日願望一定會成真，那麼……老天爺啊！給我晴天一樣的愛情吧！把一個愛情的大太陽，遙遠地從宇宙天空那一頭，朝我大力拋擲過來吧！一百度、一千度的高溫我都不害怕，熱熱烈烈擁抱我吧！燃燒我吧！我已經準備好了，真的、真的，我已經準備好了……

咦？話說回來，我剛剛有從生日蠟燭的火焰中心看出愛心的形狀了嗎？

2

早上一起床，看見Wednesday倒在沙發上，滿臉倦容。

『妳不是去墾丁玩？怎麼那麼快就回來了？』我問。

『還要上課啊，我是心理與哲學雙修，很難念耶！整晚坐夜車回來，累都快累死了，還沒休息幾個鐘頭，一會兒妳的鬧鐘響，一會兒妳的電話響，吵死了。還有，妳看，我才去玩三天，妳怎麼有辦法把房子搞成這樣？』

放眼望去，不諱言，真是恐怖，吃剩的菜餚、東倒西歪的酒瓶、挖了一半的提拉米蘇，整個客廳像被原子彈猛力轟炸，我感到一陣羞愧，好像我是一位惡房客。

Wednesday瞪著我：『妳真是把李白的〈將進酒〉發揮到極致。人生得意須盡歡，莫使金樽空對月。』

老天，我聽錯了吧？

我以為這種時髦小妞只會唱R&B，原來她還會背古詩詞！昏倒！

『星期三小姐，我不是李白，一點也不得意。相反的，我是失意，昨天過生日，二十九歲生日，一個人的生日。』我無辜喊冤。

『我真羨慕妳！我巴不得我快點二十歲，脫離一字頭。』Wednesday伸了伸懶腰。

『什麼？我巴不得三十永遠不要來，一直待在二字頭！』

為什麼『坐二望三』的徐詠晴要遇見『坐一望二』的Wednesday！

她打了一個哈欠：『我通宵玩了三天沒睡，我要去補眠了，詠晴姊。』

『等等、等等，』我拉住她，『麻煩妳把「姊」去掉，叫我「詠晴」就可以了。』

『喔，詠晴。』

『我也要出門上班了。』忽然我想到了什麼，『對了，對面鄰居是什麼人啊？』

『伊雪莉。』

『一對夫妻嗎？』

『不是，她單身。』

一走出門，瞥見地上有張掉落的電信帳單，我順手拿起一看，被上面的金額嚇到！電話費一萬多塊，太誇張了！

驚訝未停歇，一隻纖長白嫩的手一把將帳單抽回。

『妳拿錯了吧，這帳單是我的。』眼前，一個絕對有資格稱上性感尤物的女人睨著我。

『妳是Wednesday新來的房客？』她問。

『對，妳好，我叫徐詠晴……』我忽然想起自己昨晚一夜吵鬧，不好意思地說：『希望昨天晚上的音樂沒有吵到妳……』

『還好，妳放的音樂都很好聽……』

音樂都聽見了，那就是太大聲囉？

『雖然妳放的音樂都很好聽，但是妳唱的歌……』她意味深長地望著我。

啊，那慘不忍睹的歌聲，也全被聽去了嗎？

『呵呵，昨天我生日，一不小心太放肆了，哈哈，哈哈哈哈……』企圖用笑聲來掩飾尷尬。

『喔，幾歲生日？』

『二十九，今天是二十九歲第一天。』

『生日快樂。我叫伊雪莉，直接叫我雪莉就好了，我開了一家婚紗店，假如妳三十歲前要結婚，我讓妳拍婚紗打八折，出外景不加價，再贈送妳婚禮當天的攝影！』

這樣也能做生意！算妳狠！

『喔，對了，』她掐指算了算，然後說：『昨天生日的女生，穿粉紅色的衣服會帶來好運喔！』

雪莉對我眨個眼，彷彿她透露了什麼天機。

這就是伊雪莉，慵懶的捲髮、豔麗的臉孔、誘人的身材，芳齡三十五。

三十五，就是那種生日插蠟燭會很尷尬，四捨五入就很傷心的年紀。她美麗得驚人，更聰明得嚇人，這種女人可算是狠角色吧！不過……那天我聽見的哭聲，也是她嗎？為什麼哭呢？

初次見面我不敢過問她的私事，而第一次相遇就讓我深深警惕：以後要聽歌的時候就大聲一點，要唱歌的時候就小聲一點！切記切記！

休了三天假再回公司上班，有恍如隔世的感覺。

我的公司是《溫暖．家》雜誌社。

溫暖家的意思並不表示這個雜誌社溫暖得像家一樣，《溫暖．家》只是我們這個小雜誌社出版的刊物名稱。它是一本居家生活雜誌，從家具家飾到生活美學，所有與家相關的主題，都是我們關注的焦點。

但很弔詭的是，在《溫暖．家》雜誌社工作的人，感覺上都不太像擁有溫暖的家。

一入大門，總機櫃檯後面的壁面端正掛著『溫暖．家』雜誌社的字牌。櫃檯中央坐著一位正經八百的中年女子，她戴著像港星沈殿霞那樣的貓眼膠框眼鏡，暗藍色的上衣，墨黑色的長褲，整個人似一團灰影，沒有一絲光彩。

有時候我覺得，這恰恰反映她多年來一灘死水的心情。

她是崔姊。

崔姊，只是剛巧名字叫做崔苔菁，長相和崔苔菁截然不同。

『人生裡跟同一個人不需要有兩次巧合。』她漠然地說。

聽說，崔姊年輕時跟同一個男人結婚、離婚兩次，總之沒有什麼happy ending，後來一直單身獨居，直到現在。崔姊在《溫暖．家》雜誌社擔任總機小姐，也可以說是本公司的地下總管，大小事情她沒有不知道的，崔姊特別愛對我們催稿，所以『崔姊』也常被我們戲稱為『催姊』——催稿的催。催姊在公司服務將近二十年，她坐在入口處總機檯的身影，可以算是雜誌社的精神標誌了吧！

走過櫃檯，進了公司，繞個彎，就可以看見一個頭髮稀疏的中年人。

瞪爺，我的主管，《溫暖．家》雜誌的總編輯，不過他並不姓鄧，他姓郭，叫做郭大志。

他很喜歡用斜眼瞪人，剛開始我一直以為他的視神經有問題，後來才頓悟，如果是視神經有問題，也是因為瞪人瞪太久所造成的眼球僵硬！

這麼愛瞪人的他，被大家偷偷稱做瞪爺。

催姊和瞪爺是《溫暖．家》雜誌社的靈魂人物，可是卻是最不溫暖的兩個人。

坐在我隔壁的是雜誌社美編方濟平，綽號雞皮。聽說雞皮家裡是台南地主，高中就被父母送去加拿大蒙特婁讀書，直到大學畢業才回來。二十三歲，世故圓滑，比實際年齡老氣很多。別看他整日嘻皮笑臉，沒一句正經話，他可會說一口流利的法文和英文呢！

『老天！徐詠晴，我叫妳去採訪，不是叫妳去打仗。這次又是什麼意外啊？』瞪爺瞪著我手臂上的擦傷，一臉不可思議。

『喔，我不小心摔到水溝裡，我的手廢了，手機也掛了。不過相機還活著，錄音筆也沒問題，電腦一切正常。』我老實報告。

『妳的人還能活著回來，我就謝天謝地了！』

『瞪爺，人生難免有意外嘛！』我理直氣壯回答。

『是啊！妳如果沒有意外，還真教我意外。』

瞪爺搖搖頭，繼續問我：『現在要不要報告一些「不是意外」的資訊給我聽？』

『喔，這個受訪者真的滿不賴，他很年輕，才三十出頭，因為喜歡鄉村生活，所以辭去了銀行的工作，回到屏東老家，把破舊的農舍重新翻修，而且，都是他自己一手打造，我打算寫成「舊農舍新活力，普普風吹進小鄉村」。』

『聽起來不錯，什麼時候交稿？』

『這個……瞪爺，我這幾天搬家，有點亂……』我面有難色地回答。

『妳整理家裡可以等，我雜誌出刊可不能等，只要妳的手指頭還能動，就給我趕快打完！』瞪爺吹鬍子瞪眼睛，兇得沒道理，轉身離去，不容討價。

我悻悻然望著他。

哼，中年危機的男人跟更年期的女人一樣難搞！

『怎樣？帥哥嗎？』雞皮兒來我身邊。

『什麼帥哥？』

『那個年輕的充滿活力的農舍小伙子啊！』

『頭髮比瞪爺再少一點，你說呢？』我冷笑著。

『哎呀，我的頭髮比瞪爺多，要不要考慮跟我約會啊！』

『雞皮小弟弟，我不跟你約會，與你的頭髮無關！』

雞皮自討沒趣，不過我知道他一點也不介意，樂天是他最大的優點。

大抵說來，我的工作雖然也是上班族，但比起朝九晚五的那一種，我算是自由很多，我不一定要進公司打卡，只要稿子按時交出來就好。若說有什麼難處，就是常常訪問到幸福洋溢的夫妻……好比：

『請問你們當初是怎麼認識的呢？』

『我們是相親認識的，隔天我就飛到紐約去念書，我跟他說一切隨緣，可是他一等就等了我兩年，最後還到紐約把我接回來。我想這輩子不會有人花這麼久時間等我了，所以一定要嫁給他。』某太太A甜蜜地說。

然後夫妻兩人幸福對望。

『請問當年先生是如何追求您的呢？』

『當年我們是班對啦！從大一到大四，他每天從山下的男生宿舍騎腳踏車到山上的女生宿舍送消夜給我吃，吃到最後我都不好意思了，乾脆一畢業就嫁給他，變成我做飯給他吃。』某太太B甜蜜地說。

然後夫妻兩人幸福對望。

『請問平常的家事都是誰在打理呢？』

『呵呵，我根本什麼也不會做耶。我老公說不會做飯沒關係，外面餐廳也很好吃；不會洗碗無所謂，買台洗碗機全搞定；不會燙衣不打緊，全部送洗更方便；不會擦地別煩惱，他洗他拖身體好。』某太太C甜蜜地說。

然後夫妻兩人幸福對望。

形單影隻的我看著儷影雙雙，沒人瞭解我心中的情何以堪。

當我採訪幸福夫妻的數目激增到一百對的時候，我忽然有所頓悟。

為了離這樣的幸福近一點，我想我得要有一點改變……

邁入二十九歲，我要做的改變，就是做一些以前打死都不會做的事情，好比：

相・親。

＊

『哇！徐詠晴，妳要去相親了耶！』阿香大聲嚷嚷。

『喂，請不要這樣說，我只是去吃頓飯，那是我媽的朋友的小孩，只是剛好也在台北做事，我媽希望我們認識一下、互相有個照應，只是這樣而已。』

Wednesday聽到相親兩字，也好奇地湊上來。

『相親？妳要嫁人囉？』

『再度澄清，相親不等於結婚，我沒有說我要嫁人，我只是去認識朋友。還有，星期三小姐，妳少嘲笑我，等妳二十九歲還沒有男朋友的時候，妳就知道了！』

『現在追我的男生一大把！』她眼中流露著炫耀。

『那妳可得省著點用！』我沒好氣地說。

『妳打算穿什麼？你們約在哪？要去吃什麼？對方是怎樣的人？做什麼的？……』Wednesday問題真多。

『我還沒看到人，我怎麼知道？聽說是剛從倫敦學設計回來的吧。』

『倫敦學設計？那得請專家來幫妳打扮打扮。』

Wednesday一溜煙地溜走了，再回來，竟然把對面鄰居伊雪莉拉來了。

現在，床上攤放著三套衣服。

第一套，淑女套裝（V字領，裙及膝，優雅而端莊）。

第二套，細肩帶碎花小洋裝（粉紅色，雪莉再度強調這是我的幸運色）。

第三套，輕便的T恤配上牛仔褲（俏皮活潑，T恤上還印有卡通圖案）。

我、阿香、Wednesday屏氣凝神望著雪莉，等著大師開釋。

雪莉燃起一根煙，像占卜的女巫那樣，垂眼思考後，她終於開了金口：『嗯，我來分析一下這三套衣服：會喜歡女人穿第一套淑女套裝的男人，個性呆板無趣，生活平淡無聊，老了就在公園打太極拳，除了遛鳥、下棋，沒有更多的娛樂。雖然循規蹈矩、從不出錯，但是妳會遺憾生命中少了一點激情。

『會喜歡女人穿第二套細肩帶洋裝的男人，想必擁有浪漫情懷，嘴巴永遠抹了蜜糖，妳就像漂浮在糖漿裡的小公主，跟他相處每天都有微醺心情，雖然浪漫風趣，但是很有可能花心成性，出了妳的門就摸上別人的床。妳傷心難過，他下跪認錯，可惜一錯再錯，永不改過。

『喜歡女人穿第三套T恤配上牛仔褲的，不用說了，要不就是空有理想抱負的窮小子，要不就是不拘小節的陽光男孩，他不在意世俗的眼光，有著追夢的勇氣，自以為心比天高、傲骨無價，還沒搞懂現實的殘酷、社會的價值，搞不好他還騎著二手五十西西摩托車來赴約。』

『不錯不錯，這種人相處起來應該很自在。』我點頭如搗蒜，附和第三個。

阿香馬上打斷我：『妳確定？這個聽起來罹患了社會化不完全症，而且理財頭腦呈現嚴重當機！』

雪莉繼續說：『所以我的結論是，如果妳想結婚，就穿第一套；想戀愛，就穿第二套；純粹只想交個朋友，穿第三套就好啦！』

『我也有結論，』阿香說：『如果他請妳吃的東西不到一千塊，就穿第三套；如果是一千到三千，就穿第一套；如果是三千以上，當然就穿第二套啦！』

我們望著阿香，一陣沉默。

『請問這個邏輯是？』伊雪莉冒昧一問。

『請的越貴，就露的越多啊！如果他很小氣，幹嘛穿得那麼露被佔便宜啊！這可要算得一清二楚耶！』精打細算的阿香不虧為會計界第一把交椅！

Wednesday在一旁懶懶地開口了：『花開堪折直須折，莫待無花空折枝！現在還有露的本錢幹嘛不露？而且，穿少一點，如果要怎樣的時候，也方便一點，不然拉拉扯扯的不是挺礙事？』

『喂！你們幹嘛啊，我只不過是去吃頓飯耶！』我跺著腳大聲嚷嚷起來！

最後，我穿著飄逸的小洋裝，踩著高跟鞋，歪歪扭扭走在燈火輝煌的馬路上。徐詠晴啊徐詠晴！妳是何等虛偽！

平常的妳幾乎不穿高跟鞋，現在竟然為了一個未曾謀面的男人裝模作樣！

我忍不住嘆了一口氣，唉！說不緊張是騙人的，本來不當一回事，被大家這樣一攪和，現在心裡面覺得真有點什麼呢！

餐廳是對方選的。

高雅、華麗，柔和的燈光從落地窗大片透出，我深吸一口氣，走進去。

『陳先生已經到了，這邊請。』

順著目光望去，遠遠地，一個壯碩且禿頭的背影出現。

我心頭一驚，笑容當下變得僵硬，老媽不會這樣開我玩笑吧？

『陳先生，不好意思，徐小姐到了。』服務生彎下腰對陳先生說。

沒關係，身材壯碩也好，表示他很健康。

禿頭也好，表示他聰明絕頂。

但眼前這位陳先生一抬頭看見我，卻是一頭霧水的表情。

服務生趕忙對我道歉：『啊，對不起，我搞錯了，不是這位陳先生，是靠窗的那一位陳先生。』

再度順著服務生的手勢望過去，眼前出現一位西裝筆挺、氣質優雅的男性，他正和他的母親溫柔地輕笑交談。

我的心跳不禁加快。

老天，這位就是英國倫敦回來的王子嗎？

『陳媽媽好。』我禮貌地走到桌邊，先對著陳媽媽問好。

『詠晴，妳小時候我看過妳啊！越大越漂亮了。』陳媽媽笑得好慈祥。

『真的嗎？一定是很小的時候，我都沒印象了。』

『聽妳媽媽說妳剛搬新家啊？』

『是啊，之前的租約到期，房東想把房子收回去，只有匆忙搬家。所以這陣子都滿慌亂的。』

『不急，慢慢來，搬家整理東西最麻煩了。』

『喔，對了，媽媽要我跟您問好。』

至此，寒暄的話都差不多講乾了，男主角只是在一旁沉靜地微笑。

『可以為您點餐了嗎？』服務員打破了這陣沉默。

『可以可以，你們點，我還有事，先走。』陳媽媽笑著說。

『咦？陳媽媽不留下來一起用餐嗎？』我問。

『不用啦，我還有事，你們慢慢吃、慢慢聊，詠晴改日來我家玩啊！』陳媽媽匆匆起身。

看來這個離席是刻意的。

陳媽媽一離席，男主角彷彿鬆了一口氣。

『怎麼啦？』我好奇。

他笑而不答。

『正式介紹，我叫陳強尼，Johnny。』

『徐詠晴。』

我們點完了餐，開始邊吃邊聊。

『聽說你剛從倫敦回來，在倫敦是學什麼的呢？』

『我學Fashion Marketing。』

『流行行銷？』

『舉凡所有的時尚商品，美麗的衣服、鐘錶、鞋子到飾品，各樣名貴品牌的銷售都是一門學問。有很多世界名牌的品牌經理人都受過Fashion Marketing的訓練。』

『嗯，所以你算是銷售「美好」的事物囉！』

『我不但銷售美好的事物，也和美好的人吃飯。』他語氣帶著曖昧。

啊！美好的人，是在讚美我嗎？我感覺一陣醺然。

『其實我跟妳的工作也相去不遠，妳都報導美好的生活不是嗎？』他繼續說。

『我的可雜了，從硬體的房屋裝潢到軟體的居家生活，還有一些幸福夫妻的故事，偶爾還要兼跑美食哩！』

『喔，妳也愛吃美食嗎？我回國前剛去歐洲玩了一圈，在萊茵河畔吃到好好吃的德國香腸。』

『德國香腸！那一定要配白麵包、芥末醬還有好好喝的……』

『德國啤酒！』我們竟然異口同聲說出這句話！

一頓飯，燈光柔美，音樂醉人，我們有說有笑，煞是輕柔甜蜜。

這樣的氣氛直到一隻手臂強而有力地拍在強尼肩上。

『Johnny？』

『Mark！』

兩人的招呼中流露著訝異，眼神中充滿許多問號。

『不幫我介紹你身旁的清秀佳人？』Mark說。

『喔，這是詠晴。詠晴，這是Mark……我的我的……』

『老朋友。』Mark幫他把話說完。

『你好，Mark。』我禮貌地打了招呼。

『我以為你跟母親大人吃晚餐？』Mark問強尼。

『喔，陳媽媽剛走。』我幫強尼回答。

『我以為你不愛吃法國春雞？』Mark看著強尼盤中的雞骨殘骸。

『嗯……有些狀況下，我也不得不嘗試別的料理。』

『什麼時候口味變了，我都不知道？』

這兩個人的對話怎麼帶點煙硝味？

Mark轉而對向我，笑著對我說：『Johnny這小子臨時爽我的約，看到妳我才恍然大悟，美女當然比我這個老朋友更有吸引力。美酒佳人，Johnny真是比我會享受生活。』

我笑了，笑裡面帶著一絲被讚美的虛榮，但是強尼臉上卻是隱隱透著尷尬。

『真可惜我晚Johnny一步認識妳，不然今天該是我爽他的約了！』Mark狀似扼腕地說。

雖然知道這是場面話，不過我還是有種受寵若驚的感覺。

『我該接些什麼話好？』我甜甜問著。

『有些時候，說什麼都好，就是不要說實話！是不是，Johnny？』Mark說。奇怪，是我問的問題，他為什麼衝著強尼回答？

我似乎嗅到什麼，但又不那麼確定，也許是我太多心。

這頓晚餐，基本上到目前為止都是美好的。優雅的氣質、溫柔的話語、風趣的朋友，Perfect，一切太完美了，完全無懈可擊，幸好我選了第二套細肩帶碎花小洋裝！

但是……這樣完美，好像顯得有些怪怪的，到底是哪裡怪呢？

步出餐廳，這是一個清朗的夜晚，彎彎月光流轉著光華，我與強尼散步在燈火輝煌的大街上。

『哇！你看，這些樹燈好美喔！一閃一閃比星星還迷人。』我大概有些醉了，不太清楚自己在說些什麼。

經過一棟大廈，黑暗的玻璃帷幕映照出我倆的身影，高大的他與嬌媚的我，看起來還挺登對的。

我們漫步走著，強尼漸漸顯出心事重重。

『妳知道……』

『知道什麼？』

『算了！』他嘆一口氣。

『嘿，Johnny，不能這樣啦，你已經挑起我的好奇心了，你要跟我說什麼？』

『我只是想說，很高興認識妳，我想我們會變成很好的朋友。』

『嗯。』我點點頭，回報燦爛一笑。

但是，『我們會變成很好的朋友』，這句話是什麼意思？

阿香捧著一本女性雜誌，解讀這次相親。

『雜誌上說，相親後，對方如果兩天內主動打電話給妳，表示對妳充滿好感；要是五天後打給妳，表示妳只是他考慮的對象之一；要是一個星期後才打給妳，那就只是禮貌性的聯絡而已。』

『喔？但是〈愛情觀測站〉裡面說，如果男人第一次見面後沒有立即約定下一次的見面，就表示他根本對妳沒有意思。愛倫寫得很犀利，但是很對！』

〈愛情觀測站〉是個每週一次的報紙專欄，愛倫是專欄作者，我連續看了兩年，她的文章頭頭是道，我想她一定是全世界最瞭解男人的女人。

『可是他為什麼沒有立刻約妳下一次見面呢？妳不是說兩個人的感覺都不錯嗎？會不會是他覺得這樣太唐突，怕嚇到妳？』

我陷入了深思，然後從思緒的迷宮裡，找到了一絲線索。

『我直覺問題就出在那句話。』

『哪句話？』

『他說，「我想我們會變成很好的朋友」。』

『「我想我們會變成很好的朋友」……這句話有什麼問題？』

『我現在還不知道，但是，這句話絕對不像表面上那麼簡單！』

『該不會是他的朋友Mark愛上妳吧？所以你們只能做朋友？天啊！詠晴，妳的桃花不開則已，一開驚人！相親一次相兩個，太經濟實惠了！』

『江美香，妳會不會想太多了？』

我拿著報紙，狠狠地一把打上阿香的頭。

辦公室裡，我一邊打電腦，眼神不時飄向電話機。

這已經是相親後的第三天了，我實在不敢相信，陳強尼先生竟然真的沒有打電話給我。這意味著什麼呢？是我沒有女人味？還是他早就有了意中人？就算是這樣，當個朋友也沒什麼啊！而且，那個美好的晚餐都是假的嗎？

忽然間，我桌上的電話響了！

我一愣，遲疑了兩秒，然後一把抓起電話。

『喂？《溫暖·家》雜誌社……』

『請問《溫暖·家》雜誌社裡面最「口愛」的徐詠晴小姐在嗎？』

一聽就知道是雞皮，興奮感蕩然無存。

往不遠處瞄去，雞皮果真嘻皮笑臉地對著我招手。

『厚，雞皮，怎樣啊？』

『我看妳一直盯著電話，大概很希望它響吧，所以我就幫忙妳實現這個願望囉！』

『真是謝謝你的體貼，再見！』我板著臉，用力地掛了電話。

雞婆的雞皮，害我的電話佔線！

我對強尼並沒有一見鍾情，但是，好歹這是我第一次相親，就這樣沒有下文，實在讓人滿沮喪的……

下班後一進家門，老媽竟冷不防跳出來，我又驚又喜。

『媽！妳怎麼忽然上台北了？』

『我都聽說囉！我都知道囉！』老媽興奮地怪腔怪調說著。

『聽說什麼？知道什麼啊？』

『我跟陳媽媽通過電話啦！人家強尼對妳滿意得不得了呢！』

『是嗎？我怎麼不知道？』我露出強烈懷疑。

『喲！對媽媽有什麼好裝蒜的啊，』老媽打探地問，『現在打得火熱喔？密集約會喔？』

『媽……』

然後老媽把我拉到桌邊，變魔術似的，雙手在桌上攤開各式喜帖。

『妳看看，喜帖我幫妳選好啦！這個大紅色雖然傳統了點，但是有鴛鴦戲水，喜氣洋洋……我知道你們現在年輕人很新潮，所以我還有挑這種比較有設計感的，像是星際大戰那樣，咻咻咻。』她敏捷地比畫出幾個動作，繼續說：『或是像這個這個，有哈囉Kitty的也很可愛啊！』

我瞠目結舌，真不敢相信我看到的，眼前一片花花綠綠的喜帖，好似我明天就要出嫁了！

光是喜帖還不夠呢，老媽晃個手，猛地又變出了幾張喜餅的簡介宣傳單。

『還有喜餅，去年巷口那個溫大媽嫁女兒，就是選這一家，餅裡面包著蛋黃蜂蜜，只溶你口不黏你手，讚啦！不然喔，我聽說台北淡水有一家百年老店，我們也可以來去試吃看看。中式的、西式的、日式的，都不錯，我都喜歡！』

我呆呆望著，一股涼意從背脊慢慢竄上腦門，雙腳都要軟掉了。

隔天，我帶著老媽到百貨公司逛街，老媽拉著我直衝嬰兒用品區。

她看著小裙小褲，開心得合不攏嘴。

『以後小晴晴就穿這一件。』

『媽！這也扯太遠了吧！』我壓低聲音扯著老媽的衣角。

『這很難講喔！』老媽語帶曖昧：『我也不知道你們發展到哪裡了……你們現在年輕人，速度比我們快多了，咻一下就就蹦出來了！』

『媽，我沒有……』老媽在想什麼啊！我趕緊澄清。

老媽連忙揮揮手，『不用告訴我、不用告訴我，有沒有我怎麼知道。我才不喜歡探人家隱私……』

『媽！』吼，我簡直要瘋了！

回家途中，經過雪莉的婚紗店，老媽死拖活拉把我扯進去。

Wednesday也窩在店裡頭，新染了一個像安娜蘇那樣的紫色髮色，換上全新髮型。

老媽張大眼睛望著眼前一件件美麗的婚紗，興奮的模樣好似婚紗是她要穿的。

『現在拍一組婚紗要多少錢啊？』老媽問雪莉。

『在我這家店，最陽春的也要五、六萬起跳，如果婚紗要訂做，那又是另外收費了。』

『現在拍婚紗這麼貴啊！沒錢的人還真不能結婚哩！』老媽咋舌。

『詠晴媽，別擔心，假如詠晴三十歲前要結婚，我已經答應讓她拍婚紗打八折，出外景不加價，再贈送婚禮當天的攝影！』

老媽一聽，喜上眉梢：『為了這個好康的，我一定馬上把她嫁出去……這些婚紗，試穿看看不要緊吧？』

『當然。』雪莉笑著說。

店內正好有一對新人甜蜜地試婚紗，我的內心感染著幸福感，但是也有些許落寞。

『妳看他們，好幸福喔！』我羨慕地對雪莉說著。

『他們兩個多月前相親認識的。』

『哇！這麼快就結婚了？是被愛情沖昏了頭嗎？』我覺得不可思議。

『兩個月？差不多就是我上次換髮型的時候嘛！』Wednesday打趣地說。

『希望他們的婚姻可以撐過妳下一次換髮型的時間。』雪莉並不看好。

『嗯……所以還是有人因為相親而結婚啊！』我沉思著。

『咦，妳上一次的……』雪莉想到什麼。

『不了了之囉！』我聳聳肩。

說實在，我覺得愛情是不能被設計的，相親從一開始的目的性就太強烈，我被老媽逼去和強尼吃飯，我想強尼也是被逼來的吧！也許我們本來可以成為很好的朋友，反而因為太刻意的會面，連朋友都做不成。

太積極地尋找幸福，會不會反而離幸福更遠呢？

眼前這對新人沉浸在即將新婚的喜悅，我看著看著，又有了別的想法。

或許，幸福其實會以各種方式出現，有緣的人自然就會相遇，相親這個形式，就算不會加分，也不會減分吧！

『我選好婚紗囉！』老媽嘹喨的聲音打斷了我的思緒。

『媽，我說了不用……』我話還沒說完，猛一回頭竟看見——穿著純白色的婚紗、滿臉羞怯的中年婦人——是我老媽！

『雪莉說可以試穿的嘛……』老媽無辜說著。

唉喲！我的媽啊！

步出婚紗店，經過一日折騰，我打算讓老媽清楚知道，相親其實一點下文也沒有。早點讓老媽認清這個事實，我也好鬆口氣。

『媽，其實……陳強尼根本沒有打電話給我。』

老媽滿臉詫異。

『妳難道不知道這是什麼意思嗎？』我試圖引導她想通。

『唉喲，』老媽擅自下了結論，『原來陳媽媽的兒子這麼害羞啊！』

晚上，我準備洗澡，才剛關上浴室的門，卻聽見老媽鬼鬼祟祟在打電話。

『喂……我要叫Pizza。這不是Pizza店啊。喔！歹勢歹勢，我打錯啦，你是陳強尼吧？我是徐媽媽啦……啊，誰是徐媽媽？……我是詠晴的媽啦！』

可惡！老媽竟背著我偷打電話給陳強尼！

我氣急敗壞從浴室衝出來，激動地用唇語問著：『妳在幹嘛啊？』、『掛掉啦！』

老媽並沒有要掛掉的意思，我用更誇張的動作比出：『我・不・在！』

『詠晴就在我旁邊耶，你要不要跟她說話啊……』老媽竟然出賣我！

我氣得躲進廁所裡，砰一聲把門鎖上。

電話終於掛了。

『媽，妳這樣，我……』我從廁所裡衝出來，氣得說不出話來，淚水在眼眶裡打轉。

『我這樣？我怎樣了我？』她一臉無辜。

『我不想講了啦！』

氣呼呼衝回我的房間，關上房門，心情惡劣到谷底。

相親相親，不相不親，相了也不一定親。

結婚結婚，不結不昏，結了一定是頭昏。

今日的晴天指數是負一百顆星，陰霾、陰霾、陰霾、陰霾。

翻來滾去，我睡不著，這是一個失眠的夜。

唉……相親……

唉……陳強尼……

唉……老媽什麼時候才要回去啊！

3

陽光大好，我元氣飽滿地從床上一躍而下，朝窗外伸了懶腰。

經過一夜失眠，第二天太陽升起，我對嶄新的一天又充滿了希望。

管他是陳強尼還是小熊維尼，我都不再攪和這攤爛泥。

我到通訊行買新手機，新手機象徵著新的開始，我和這個世界重新取得聯繫。

現在，我的新手機就放在通訊行的玻璃桌面上。

在我隔壁，站著一位男人，一身輕便休閒服打扮。

我多看兩眼，絕對不是因為他挺瀟灑好看，而是因為他選的手機和我的一模一樣。

『不好意思，才買的手機就有問題，所以我們換一支全新的給您，SIM卡也幫您裝好了，麻煩您填一下這張表格。』店員客氣對他說。

『謝謝！』他說。

他一轉身，正好對上我，是我多心嗎？他眼裡似乎有一絲訝然，旋即禮貌地點頭一笑。

嗯，真是一個滿好看的男人！

我們兩人各自拿了手機，正好都要走出店門，兩人在門邊你讓我、我讓你，然後笑了出來。

『妳先吧！』他說。

『謝謝！』我推門出去，對著他燦爛一笑，陽光多美麗！

帶著愉快的心情進公司，我的手機響了。

『喂？』看看誰是第一個有榮幸和我用新手機通話的人。

『請問是阿達嗎？』一個女生的聲音。

『阿達？誰是阿達？』

『張正達。』

『張正達？』

『是啊，這不是張正達的手機嗎？』她的聲音很迷惑。

『不是啊，妳打錯了吧！』我更迷惑。

『不可能，這是張正達的號碼。』她語氣肯定。

『不不不，小姐，這是我的號碼。』我更肯定。

『是嗎？』她猶疑了，『也許跳號了，對不起。』她掛了電話。

真奇怪！

我拿起辦公室的室內電話，試著撥我的手機號碼，電話響了。

嘟嘟嘟……

響了幾聲，可是就在我眼前的手機沒有響！

這是怎麼回事？

然後，有個男人接了電話！

我打電話給我的手機，可是接手機的人不是我？

『喂？』我說。

『喂？』他說。

『請問你是誰？』我問。

『妳打電話給我然後問我是誰？妳不知道妳自己打給誰嗎？』他懷疑地問。

『我知道我打給誰，我打給我自己啊！我打給我的手機應該是我接手機，可是怎麼會是你接呢？你是誰為什麼會用我的手機呢？』

亂七八糟，越說越糊塗，我也搞不清楚。

『小姐，妳知道妳在說什麼嗎？這是我的手機。』他沒好氣地說。

明明就是我的手機、我的號碼……

他怎麼這麼不講理！

我也沒好氣地回他：『先生，我不知道是什麼地方出了錯，不過我肯定這是我的號碼，我剛剛才去通訊行……』

等等，等等。

我懂了！我懂了！是我的號碼沒錯，但不是我的手機，一定是剛剛在通訊行搞錯了。

『啊！』我驚叫！

『幹嘛？』

『請問你是不是剛剛才從通訊行拿回你的手機？』

『妳怎麼知道？』

『我想我們拿錯了，你的手機其實是我的手機。』

『啊！』換他驚叫。

我們馬上約了見面，換回各自的手機。

『不好意思，我粗心拿錯……』他先開口，一開口就忙著道歉。

『說不定是我粗心拿錯，我也不好意思。』我也充滿歉意。

我拿回我的手機，發現他專注地靜靜微笑看著我，奇怪？幹嘛一直瞪著我看？我趕緊上下打量自己一番，沒什麼不對勁啊！

我狐疑地望著他，他這才笑著說：『妳是……徐詠晴吧？』

『你怎麼知道我的名字？』我驚呼，手機差點又摔在地上！

『我高中時候是吉他社，比妳大一屆……』

『啊！』

『我叫張正達，我幫妳伴奏過，還記得嗎？那場歌唱比賽？』

歌唱比賽？

啊！老天！是那場讓我名譽毀於一旦的歌唱比賽嗎？

我怎麼可能忘掉！

我的臉瞬時紅脹起來，恨不得現在就挖一個地洞鑽進去！

那場比賽我完全是為了吉他社的才子學長而參加的，我沒能力自彈自唱，比賽現場有些社團的團員義務幫忙演唱的歌者伴奏。

張正達就是當天幫我伴奏的人。

還記得我唱完後，一下台阿香就大聲驚呼著：『嘖嘖嘖，徐詠晴妳實在很誇張耶！從頭到尾妳和伴奏完全是兩個不同的Key，妳竟然可以自顧自地全程唱完耶！妳都沒有發現妳走音了嗎？』

是的，我承認，我沒有。

我全神貫注的眼中只有坐在評審席的才子學長，才子學長不時捂嘴竊竊笑著，如果那時候我知道他是嘲笑我走音得離譜，我一定會馬上修正我的唱腔，只可惜一切都太晚了。

上天要毀掉一個少女情竇初開的小苗，真是輕而易舉！

『很抱歉我一時間沒認出你。』我回過神，對著眼前的張正達說。

『沒關係，我只是幫妳伴奏一首歌而已。』

奇怪！我對張正達一點印象也沒有，原來當自己的目光只看著一個人的時候，其他人不過是背景。

張正達穿著卡其色休閒褲，白色POLO衫，頭髮有些長，微鬈，眼睛深邃有力，挺帥氣的。

嗯……好啦！我承認，他比帥氣再多一點點，滿瀟灑迷人的啦！

他的公司離我們雜誌社不遠。

沒想到拿錯手機還可以重新認識一個舊朋友。

回憶高中時代，竟然已經是十多年前的事情。

吉他社才子學長後來有和那位美麗的學姊一直在一起嗎？

這些年來，我談的戀愛是不是和我唱的歌一樣走調呢？

望著張正達離去的身影，我的心裡不禁湧起一絲惆悵。

✽

夜晚的台北繽紛多彩，城市一角有一間小小的音樂餐廳兀自閃爍燈光。

這家音樂餐廳在巷子內的轉角處，一樓平房，南方松的格板優雅築起，將喧囂的城市隔絕，小庭院裡綠蔭扶疏，花花草草隨性叢生，院裡中央栽種一棵高大茂盛的欖仁樹，樹蔭遮蔽住半個院子，增添些許城市森林的神秘感。

餐廳名字叫做『小心輕放』。霓虹燈招牌上，有一顆立體斜倚的心，輕輕點綴在招牌上，深紫色，燈泡從中透出迷濛的光。

老闆娘是娜姊，單親媽媽，帶著一個五歲的小男孩，她是雪莉的好朋友。

這一晚，『小心輕放』擠滿了我們幾個聒噪的女生。

『生意如何？』雪莉關心地問娜姊。

『還不錯……妳呢？那天看到報紙，估計現在每年有十三萬對新人結婚。』

娜姊一邊在吧台裡忙著，一邊招呼我們。

『所以像我這樣販賣幸福的婚紗店業績才能蒸蒸日上。』雪莉說。

『嗯，不過聽說每年也有六萬多對夫妻離婚。』娜姊話鋒一轉。

雪莉機靈地回她：『所以像妳這樣讓人消憂解悶的小Pub也才可以川流不息囉！』

娜姊爽朗地大笑起來，『哈哈！對，我收留所有已婚與未婚的好男好女，輕度煩惱或重度憂鬱我都來者不拒。熱戀、單戀、失戀我都歡迎，或是像妳這樣……苦戀的，我也全包啦！』

我不明白，什麼苦戀？

像雪莉這樣豔麗聰明的女子，怎麼會苦戀？

我探詢似地望向她，雪莉發現了，抽出一根煙，好似沒什麼地說著：『他在上海。』

『遠距離戀愛？』我頓悟，驚呼一聲，『啊！難怪！』

『難怪什麼？』

『難怪我看到妳電話費帳單高得嚇死人，動不動就上萬！』我對雪莉說。

『好昂貴的愛情！』阿香咋舌。

『我可沒花志杰半毛錢。』雪莉防衛似地說著。

『這裡可以發洩不能吵架喔！』娜姊警告。

我直覺氣氛不對，趕緊轉了話題：『娜姊，雪莉的婚紗店上次有一對新人，才認識兩個月就結婚了！』

『結婚就結婚啊，何必想得那麼嚴重，反正不合適，離婚就好了。』娜姊語氣輕淡地說著，『不是每個女人都適合婚姻，可是如果不試，妳永遠不知道合不合適。如果很努力了，還是沒辦法，那就放過自己吧！』娜姊選擇離婚、自己獨力撫養五歲的小孩，她應該就是選擇放過自己吧！

娜姊從架上拿下一瓶紅酒，邊旋轉開瓶器邊說：『不過，只認識兩個月就結婚，是太感性了一點，如果一開始是感性結婚，最後可能變成理性離婚。結婚前還是看清楚一點好吧！』

阿香天真地說著：『別小看兩個月，搞不好他們之前早就已經認識了，可能是童年時候的鄰居、或是轉學分離的小學同學，或是誰曾經暗戀過誰啊？只是經過這次相親又碰面了，這不是老天爺冥冥中的安排嗎？電影都是這樣演的啊！』

『阿香，電影是電影，天下哪有這麼巧的事？』我敲了一下她的頭。

『那倒也未必……有些巧合是很難講的。』雪莉捻熄她手中的煙，神情幽幽，轉去唱盤區找歌放。

後來我才知道，『巧合』這兩字是伊雪莉人生中印證得最徹底的字眼。

雪莉的初戀是志杰，兩人在十六歲那年認識，當年只有純真懵懂的青澀情懷，時光推移，漸行漸遠，失去了聯絡。十年後，兩人在一個酒會上再度相遇，一開始雪莉還沒認出眼前的他，但她的心裡隱隱被這個男人的笑容觸動……

四目交接，當雪莉驚覺這個人竟然是志杰，她不禁訝異自己十年前與十年後，喜歡的類型根本沒變過。更訝異的是，還被同一個人吸引兩次，這樣的巧合，人生還能再錯過第二回嗎？於是兩個人像兩顆磁鐵，從命運的兩端相吸相擁，毫無抵抗地深深相戀。

這就是巧合，巧合就是老天爺冥冥中的安排。

有時候我覺得這是一種很恐怖的感覺，你以為你有意識地過著你的人生，選擇你愛的、你不愛的，可是事實完全不是這樣，有一個老天爺偷偷地支配著你的喜怒哀樂，氣定神閒看著你對愛的降臨開心得暈頭轉向，或是被莫名的分手搞得失魂落魄。

這種感覺真的很氣，尤其是，當巧合發生在我身上是那樣荒腔走板的時候。

不多時，Wednesday來了，一推開門就嚷著：『我介紹一個朋友給大家認識……』

抬頭一看，嘴邊喝到一半的藍色夏威夷差點沒噴出來。

這個人竟是……強尼！

『怎麼會是你？』我又驚又喜，又有一點惱。

強尼一臉愕然。

屋子裡，皮亞佐拉的探戈舞曲煽情撩人，像極了一齣荒謬喜劇的配樂。

『怎麼？你們認識嗎？』Wednesday開心卻不解地問。

『妳怎麼會認識他？』我問Wednesday。

『他是我的髮型設計師。喏，這個紫色的新髮型就是他設計的。』Wednsday拉拉她的安娜蘇紫色頭髮。

『髮型設計師？』我滿心狐疑，又望向強尼。

站在『小心輕放』外面的中庭院子，我滿臉脹紅激動地質問強尼。

『你騙我，你這個大騙子！你不是品牌經理人，你是髮型設計師？』

『我從來沒說我是品牌經理啊！』他無辜喊冤。

『可是你不是在倫敦念Fashion Marketing嗎？』

『我是念Fashion Marketing啊，但我只是說，有很多世界名牌的品牌經理人受過Fashion Marketing的訓練，但我沒有說我也是品牌經理人啊！』

的確，他沒說過他是。

『但你說你在銷售美好的事物？』

『幫人設計完美的造型，給人美好的心情，這不就是販售美好的事物嗎？』

也對，聽起來不無道理。

『可是你不是剛從倫敦回來？怎麼忽然開店了？』

『那就要看妳對「剛」回來的定義是多久，是一天、一個月，還是一年？我回來八個多月，也勉強還算是「剛」回來吧！』

的確，未滿一年勉強也算『剛』回來。

『其實我根本沒有畢業，我在倫敦反而花更多時間在研究造型設計，還參與大型舞台劇的造型化妝。』

『你那天怎麼不說？』

『妳只問我學什麼，又沒問我在做什麼。』

也對，我的確沒問他在做什麼。

『我很喜歡妳，跟妳吃飯聊天非常愉快……妳是我難得遇見心有靈犀的女性……』

『這是場面話嗎？愉快的見面之後就完全沒有下文，你不覺得很沒禮貌嗎？如果我們完全話不投機就算了，可是明明我們聊得很愉快啊！』

『是啊是啊，就是因為這樣我才很苦惱，我完全不知道該怎麼跟妳說……』

『說什麼？』

『妳難道看不出來嗎？』

強尼使使眼神，抖了抖自己的身體，再問一次：『真的看不出來？』

一股陰柔的氣味渾然天成。

已經不那麼激動的我，終於冷靜而理智地察覺到這部分。

我愣了一下，對啊！之前我一直覺得怪怪的地方，就是那一股刻意打壓但是卻呼之欲出的陰柔氣質。

這下恍然大悟了，原來！原來是這麼一回事！

『妳要我怎麼告訴妳，我們根本互相是情敵！』強尼無奈地說。

『情敵？』

『我跟妳一樣，也在期待碰到一個好男人……我很抱歉，那天硬被我媽拉去吃飯，我很努力營造一個優質好男人的模樣，我也想給自己一個機會試試，我是不是可能愛女人……但，結果是，我想我不是不愛女人，只是我更愛男人！』

強尼直接而真實的告白，讓我十分震驚，一時間什麼也說不出來。

『喔，詠晴，我傷害到妳了嗎？』

只見過一次面的人，能怎麼清算傷害？但我著實不好受。

『我不知道是「不與妳聯絡」比較傷害妳，還是「我愛男人」比較傷害妳？』

『我覺得老天爺冥冥中的安排比較傷害我。』我沮喪極了，我討厭巧合！我討厭老天爺！

『妳會怪我嗎？』面對這麼誠懇的告白，我還能說什麼呢？

『Johnny，我只是想說，很高興認識你，我想我們會變成很好的朋友。』我平靜地說。

我想我們會變成很好的朋友，同樣一句話，現在換成我口裡吐出來，感覺五味雜陳。

強尼感激地望著我，對我張開雙臂。

我釋懷地走上前去，給他一個緊緊的擁抱，拍拍他，一切都平息了。

第一次相親，遇到一個不錯的男人，我們沒有變成情侶，反倒成了姊妹！

這個時候，阿香、雪莉、Wednesday從『小心輕放』跑出來，看見我們兩人相擁，訝異吃驚。

『啊，超猛！』Wednesday說。

『這樣的發展是不是太快了？』阿香瞠目結舌。

雪莉倒是輕然一笑，我想雪莉一定覺得人生的巧合實在不可言說。

唉，別怪我會沮喪，這個世界的好男人不是結婚了，不然就是同性戀。而變成同性戀的好男人還要跟女人一起競爭其他剩下的好男人，人生怎麼那麼艱難啊！

我本來以為我的對手是這世界上一半的女人，後來才發現，原來我的對手是全世界！男的、女的都要提防，老天啊！嗚呼哀哉！

✽

時序入夏。

老媽偶爾上台北，自從上次陳強尼事件之後，老媽大概知道凡事強求不來，也不再急著幫我介紹朋友了。

日子如常，瞪爺如常吹鬍子瞪眼睛，催姊如常冰著臉催稿。

雞皮如常無厘頭耍嘴皮。

阿香如常和她愛情長跑九年的男友阿拉丁，過著假日逛超市的平實生活。

Wednesday如常冷漠怪異，有一堆爭著表白的清純少男，卻不為所動。

因為認識了伊雪莉，我連帶認識了娜姊，『小心輕放』成了我們常窩的地方，大家招來攬去，強尼、阿拉丁、我、阿香、Wednesday，都變成『小心輕放』的常客。

沒什麼新鮮事發生。

除了阿達加入我的ＭＳＮ好友名單。

我們常在上班的時候偷偷ＭＳＮ。

現在雜誌社這個工作，我一做就做了五年。

五年！

一個女人有多少五年的青春年華！

同一個工作做了五年後，不是只有Monday blue，而是Everyday blue。

每天出門都覺得今天不太適合上班。

天氣太好的時候，適合跑到郊外走走，不適合上班。

天氣不好的時候，適合窩在家裡賴床，也不適合上班。

如果再有一位個性孤僻怪異的老闆，如瞪爺，上班的心情更會無限低迷。

老闆找不到你的時候，你該死；你找不到老闆的時候，還是你該死。

無論如何都是你該死。

這就是我的悲哀。

不過，那個『舊農舍新活力，普普風吹進小鄉村』的專題報導大獲瞪爺青睞，『好極了！好極了！』難得瞪爺會讚美人。

瞪爺將我召進辦公室，告訴我一個天大的好消息！

『加薪？』我不可置信。

『對。』瞪爺點點頭。

『瞪爺……』我平日錯怪你了，我無限感激地望著瞪爺，只差沒有痛哭流涕、下跪謝恩。

瞪爺慎重地將薪資單交給我，我必恭必敬捧著，一顆心怦怦亂跳，戰戰兢兢回到座位上，不知道瞪爺幫我加了多少？

五千、一萬還是幾十萬？

我已經可以看見，薄薄存摺裡面的數字激烈暴增，增加到一種我幾乎無法承受的程度……

我浪跡天涯的夢想馬上可以實現，揮一揮衣袖，不帶走一片雲彩……

再見！再見！我的親朋好友，徐詠晴即將朝世界上最溫暖的陽光飛去……

吸口氣，小心翼翼將薪資單掀開，打開一看！

天啊！

天啊！

天啊！

真是一個令人驚訝的數字——

只有……五百元？

工作五年，第一次加薪，五百元？

我呆呆望著薪資單，不知該哭還是該笑，內心頗有一番五味雜陳的委屈，敲下鍵盤，和阿達發洩一下我內心的鬱悶。

今天天氣晴：我看到我的薪資單了……

達達馬蹄：恭喜恭喜，加了多少？

今天天氣晴：我需要老天來告訴我，世事本無價……（泣）

達達馬蹄：這個意思是？

今天天氣晴：我以為至少加個五千。五千跟五百只差一個字，怎麼感覺差那麼多？

達達馬蹄：五千跟五百差了一個零，當然差很多。

今天天氣晴：你覺得瞪爺到底是好老闆還是壞老闆？

達達馬蹄：我覺得……沒有好老闆，也沒有壞老闆，只有對妳好不好的老闆。不要洩氣，晚上請妳吃大餐？

今天天氣晴：好啊好啊！希望餐廳老闆會做出好吃的菜來撫慰我的心。

達達馬蹄：只要吃到美食就會釋懷妳的老闆嗎？

今天天氣晴：釋懷需要力量，力量需要熱量，熱量需要食量，食量需要美食，美食需要大餐，大餐大餐大餐……

ＭＳＮ到一半，忽然螢幕一陣沉寂，阿達沒有回應。

今天天氣晴：哈囉？

今天天氣晴：有人在嗎？

今天天氣晴：哈囉？阿達？

螢幕空白了好久。

他回來了。

達達馬蹄：詠晴……

今天天氣晴：怎麼了？

達達馬蹄：我晚上臨時有事情，改天再吃飯好嗎？

怎麼可以改天？

改天的美食怎麼能夠解決今天的沮喪？

不過，我的手卻鍵入：

今天天氣晴：好啊，沒關係，你先忙。

隔了兩秒，我再鍵入一個笑臉，表示沒關係、沒關係，我真的無所謂。

然後，我們結束對話框。

我真是非・常・虛・偽。

雞皮知道我被加薪了，他根本不清楚我有苦難言的心情，還以為我被調漲了很大的幅度，下班時候硬要凹我請客吃晚餐。餐廳地點不遠，就在公司附近，走路就到了。

只是要去那家餐廳，途中一定會經過阿達公司樓下。

就在我們接近阿達公司的時候，遠遠地，我的眼光不經意看到阿達走出大樓，就在我的前方！

我還在猶豫要不要上前打聲招呼，此時有個女人快步朝他走去。

大波浪捲長髮，染成迷人醒目的棕紅色，輪廓立體分明，不是高挑豔麗的那種女人，相反地，她有健康的小麥膚色，笑起來有一種爽朗的特質，一種嫵媚的吸引力。

阿達只要側個身、撇個臉就會看見我，我不知道為什麼變得緊張兮兮。

『詠晴妳幹嘛？』雞皮奇怪地望著我。

『我哪有幹嘛？』我防衛地說。

『妳幹嘛躲起來？』

『有嗎？』

才說完，發現自己正將身體隱藏在轉角處，這個舉動真令人匪夷所思，對啊！我幹嘛要躲起來？

眼前，大波浪女笑著伸手勾住阿達的手臂，他沒有拒絕。

兩個人親暱地、有說有笑地一同離開了。

原來，阿達有女朋友的……

4

有什麼力量可以讓一個金枝玉葉洗手做羹湯呢？有的，愛情真偉大！我一直以為雪莉的纖纖玉手是用來撫摸高檔的婚紗蕾絲，還有新娘頸脖上數不清的鑽石珠寶，沒想到還可以舞弄菜刀鍋鏟！

聽說志杰要從上海回來，雪莉大張旗鼓練起廚藝。

三杯雞、糖醋排骨、魚香茄子、宮保雞丁、麻婆豆腐、茄汁豬排、紅燒牛腩……

一日一菜密集上菜，像聯考衝刺班一樣。

我隨便翻動一本雪莉廚房裡的食譜，叫做：《勇闖蛋花王國——八道完美蒸蛋一次學會！》

雪莉一把抽回食譜，仰起她美麗的臉蛋，自信而專業地告訴我：『蒸蛋，必須表面光滑如瓷，傾斜四十五度不能移動，這才叫好蛋！』

四十五度角的完美蒸蛋？

男人裡應該也有四十五度角的完美男人吧？

〈愛情觀測站〉裡愛倫寫著：『每個人對完美的定義不一樣，有些人討厭男人留鬍子，有些人卻覺得很有氣概。有些人討厭男人自大，有些人卻認為那是自信。有些人欣賞男人很有想法，有些人卻難以忍受剛愎自用。有些人妳嫌他猶豫不決，有些人卻愛他思慮周密。每個人的完美都不一樣，妳心中的完美男人是什麼樣子的呢？』

今天一進公司，瞪爺告訴我們，有一位美國籍的華裔國際攝影師艾瑞克回台灣造訪，瞪爺情商許多關係，特別請他來和大家談談視覺影像的藝術。

艾瑞克戴著一副金細邊框的眼鏡，文質彬彬，頭髮削得極短，清爽朝氣。看起來該有三十五歲，成熟中不失親切，很舒服的男人。雖然他從小移民國外，不過中文說得相當流利。

『請大家把平常拍的作品擺出來分享。』艾瑞克客氣地說。

攤在我桌上的相片是：

半邊的自拍臉。
缺了一角的盤子。
只開一半的窗戶。
一朵花的殘瓣。
蠟燭的微弱火焰。
魚缸裡的半片七彩魚尾巴。
我的腳趾，還有我的手紋。

雞皮湊過來我身邊，一張挑著一張，納悶地說：『詠晴，妳拍的照片我永遠看不懂是什麼……』

看著眼前桌上支離破碎的各種影像，別說雞皮看不懂，說實話，我自己也看不懂。

艾瑞克沉穩地走到我面前，隨意抽起一張照片，十分認真的端詳。

我趕緊解釋：『我不太懂攝影，這些都是自己亂拍的……』

胡亂的隨手拍要讓國際級攝影大師評鑑，我登時覺得緊張。

艾瑞克放下那張照片，然後又將其他張照片一張一張拿到眼前，看得好專注。他始終帶著很輕很淡的笑容，讀不出他表情是什麼意思，而且他一直保持沉默。

沒說好。

也沒說不好。

下班後，步出雜誌社，忽然有個人拍了我的肩膀。

一回頭，是艾瑞克。

『我很喜歡妳拍的作品。』艾瑞克笑著說，眼神深深地。

『只是隨便拍的。』我不好意思。

『隨便拍有這樣的水準，表示妳很有天分。』他的笑容坦率，不像是客套話。

『我一點專業技巧也沒有，拿的是數位相機。』

『妳覺得攝影需要的只是技巧嗎？』

『不可否認技巧可以讓畫面更美。』

『針對商業攝影來說，技巧也許很重要。』他頓了一會，說：『不過，大部分時候攝影只是投射出妳觀看世界的一種方式。』

『所以我看到的世界都是支離破碎？』我洩氣。

『從來沒有人可以看見世界的全貌。』

『但是我的照片特別怪……』

『不，是妳看到的世界和別人不一樣。妳說的怪，只是差異性，差異性往往就是創意的源頭。妳可以從一點小小的事物體會美感，這就是特別的地方。』

我感激地望著他，沒想到拙劣的作品可以博得攝影大師如此高度的讚賞，我受寵若驚到極點！

『妳的照片像在寫一首詩。』他說。

『幸好你是讀得懂詩的人。』我說。

然後，我們在誠品書店，讀詩。

我這時才知道，艾瑞克愛好藝術，詩、舞、戲劇；他拍攝的案子，除了時尚與流行，更有大部分是與藝術表演相關。

艾瑞克從書架上抽出一本拜倫詩集，翻到『She walks in beauty』。他望著我，用充滿磁性的聲音在我耳邊緩緩唸著：

She walks in beauty, like the night
Of cloudless climes and starry skies;
And all that's best of dark and bright
Meet in her aspect and her eyes:
Thus mellowed to that tender light
Which heaven to gaudy day denies.

艾瑞克吟著、唸著，聲音舒緩深情，富滿想像。

他比我高一個頭，我用四十五度角的斜度仰望他，他正好用四十五度角的斜度回望我，那溫柔而灼熱的目光，暖暖將我包圍。

當晚，我飛奔去敲雪莉的門。

『伊雪莉，我四十五度角的男人已經出現了！他欣賞我、讚美我，在他眼裡我覺得自己很有魅力，好像是全世界獨一無二的！』我迫不及待說著。

雪莉面無表情看著我，悶悶不樂。

『咦？妳四十五度角的蒸蛋學會了沒？』我問。

『學會了。』她有氣無力回答我。

『志杰沒回來？』

我探頭一瞧，有個男人坐在客廳裡，是品雄。

不是傳說中的志杰（為什麼是『傳說中』？因為至今只見過照片，未曾一睹風采）。

品雄是汽車銷售中心的主任，敦厚老實、個性木訥，沒有談笑風生的魅力，但絕對是一個可靠的好男人。他對雪莉一往情深，照顧有加，反正志杰大半年都不在台灣，雪莉似乎挺習慣品雄對她的照顧。

只可惜他不是雪莉心目中的四十五度角男人，所以他只能嚐嚐四十五度角蒸蛋。

『品雄，好吃嗎？』我問。

『好吃。』他頻頻點頭。

唉，這個人太老實了，扣不住雪莉的心魂。

雪莉告訴我，她只當品雄是個好朋友。好朋友好到不管多晚都去接送雪莉，假日陪她解悶、生病帶她看醫生、週年慶陪她逛百貨，雪莉半夜三點睡不著覺還可以肆無忌憚打電話亂煩亂吵。

品雄到底知不知道雪莉有個男朋友在上海呢？

有時候我都錯以為品雄才是雪莉的男朋友。

有時候我真希望自己也有這樣的『好朋友』！

這個好朋友已經包辦了男朋友該有的陪伴與關懷，發揮最大的誠意與最大的努力，但是雪莉無動於衷。而遠在天邊的志杰什麼都不用做，只要一個微笑就輕易擄獲雪莉的芳心，愛情裡面一點也不公平！

✻

『詠晴，我想去拍淡水夕陽，如果妳下班有空，可以陪我一起去嗎？』這是我們認識的第六天，明天艾瑞克就要離開了。

下班時間，他來辦公室接我。我的桌前擺放著那一疊自己隨手亂拍的照片，他之前已經看過了，不過仍是拿起來，又一次一張張認真凝視。

『給我一張妳拍的照片作紀念？』他望著我，忽然提出這個要求。

『哪一張？』

『就這張！』

畫面中呈現著我近拍我的手，只有左手。

手掌張開，攤平。掌心寧靜。沒有表情的一隻手。

掌紋深深淺淺雜佈，生命線、智慧線、愛情線，關於生命的秘密地圖赤裸裸呈現，張開手掌好像將我的人生毫無保留攤在他的眼前。

『為什麼選這一張？』我問。

『我可以親近妳拿相機拍照的手。』

『但是你看到照片上的手是左手，我平常拍照拿相機用的是右手。』

他聳聳肩，久久地看我說：『那我可以想念妳手心的溫度。』

『你又不知道我手心的溫度，如何想念？』

『如果我知道呢？』

『但是你要怎麼測量我手心的溫度？』

他思忖一會，把手伸出來，示意一個邀請的動作，要我將手交給他。

對於一個即將遠離的男人，我能夠把我的手交給他多久呢？

遲疑一會，我仍是伸出手，讓他牽著我，到淡水。

一路上他緊緊握著，似乎真的可以用力記憶住我手心的溫度。

漁人碼頭的傍晚僅有幾位寥寥旅人，彩霞斑斕，天空印染成一片豔麗。遠方，浪潮一波湧起，一波平息，緩慢而慵懶。

艾瑞克架起腳架鏡頭，調整最佳位置。

看他那麼專注，不想打擾他，我一個人漫步在海邊。

夕陽餘暉中，我的身影被拉得好長、好長，黏黏鹹鹹的海風吹來，帶著一整片海洋的味道。

浪潮像是對著沙灘唱情歌，一波波，一首首，不停不歇。

『詠晴！』艾瑞克突然喊我。

一回頭，『喀嚓』一聲，他竟在拍我！

『不要拍我！我不習慣拍照……』我驚呼著，雙手大力揮舞。

他不理會我，『喀嚓』、『喀嚓』、『喀嚓』……不打算停止。

一開始，我排拒而不自在，但是當快門聲和浪潮聲交融在一起，像是一首和諧奏鳴的海洋情歌，我漸漸平緩妥協，甚至變得有些虛榮。我刻意不看他，自顧自走著，好像自己果真是那麼獨一無二，是某個人視覺中唯一的焦點。

『She walks in beauty, like the night
Of cloudless climes and starry skies;
And all that's best of dark and bright
Meet in her aspect and her eyes……』

不久後，他擒著相機走向我，在我耳邊呢喃低語。

我們的影子因為陽光照射的角度，長長地交疊在一起，看起來相依相偎。

『你從小就知道自己要當一名攝影師嗎？』

『沒有，我來自醫生世家，我的爸爸、爺爺都是醫生，從小我就被教育要成為一名醫生。』

我一愣：『醫生與攝影師的轉變好大。』

『其實我在醫學院的成績一直很好，年年都拿獎學金，我對心臟研究特別有興趣，念書時候就在教授的實驗室裡幫忙。後來有一陣子，我提早爭取到醫院實習的機會，在心臟科照顧患有先天性心臟病的小孩。』

『你一定很高興可以提早為病患服務吧！』

『剛開始我是的，我陪小朋友玩，讓他們快樂，我研究他們的病歷可以連續好幾天徹夜不眠……』

『這樣很好啊！你一定覺得很有意義吧？』

『意義……』他重複我的話，臉沉了下來，『後來，我不太知道很多事情的意義到底是什麼……』

『怎麼說？』

『那所醫院位在貧民區，很多孩童的家庭環境很惡劣，父母親自己都自顧不暇、焦頭爛額，一個生病的孩子是窮困家庭的雙重不幸。

『不是每個孩子都會被呵護備至地長大。

『有些家庭甚至還有暴力問題，有幾個孩子其實可以出院了，但是根本不想回家。

『有些早熟懂事的孩子會怪罪自己是拖累父母的負擔，反而覺得自己不該存在。

『一段日子過去，有些孩子出院了，有些孩子的心臟卻再也不跳了……

『如果我很努力，也許我會成為一個出色的心臟科醫生，讓更多孩子活下去，可是讓人心跳的意義是什麼？只是活下去而已嗎？如果活下去並不保證能活得更快樂、更有朝氣，那麼生命為什麼要繼續？對於這些孩子，活下去會不會意味著要面臨比病痛更殘酷的人生？

『到後來，我甚至質疑醫學存在的根本價值，一個有殘缺的身體為什麼不接受自然的淘汰？物競天擇不該是自然的常態嗎？為什麼要用科技破壞平衡？延長壽命、減輕痛苦，說好聽是為了人類生命的尊嚴，但是生命本身的意識在哪裡？』

我望著艾瑞克，他說這些話的表情好似回到了當年那個懷抱理想卻又對生命困惑的醫學少年。他發現我深深的注目，靦腆一笑，說：『對不起，我偏激了一點。我那時候的疑惑真的太多了，心臟只要會跳動，就算擁有健康的心嗎？

『如果心跳的時候你感覺不到，那麼心跳與不跳有什麼差別？

『「受傷的心臟」與「受傷的心靈」，哪一個傷重的程度比較嚴重？

『就算我可以醫治受傷的心臟，但是受傷的心靈我卻束手無策。

『這些疑問一直困擾著我，始終沒有辦法釐清頭緒，我好像走入一個迷宮，越走越不知道出口在哪裡，最後連入口也找不到，我喪失了原初學醫的熱情，我感覺不到自己的心跳。』他苦笑，『這不是很荒謬嗎？一個研究心臟的醫生卻感覺不到自己心跳？』

『後來呢？』

『後來教授的實驗室我不去了，醫院的實習也不去了，我休學，四處旅行攝影。』

『就這樣順理成章成為攝影師？』

『當然不是，自己隨性的拍攝，到底稱不稱得上藝術，或是夠不夠資格接案，我自己其實沒有把握，更沒想過攝影可能成為我日後的工作，直到一個事件發生。』

他停頓了一會，語氣興奮起來：『有一天我走在路上，經過一間舞蹈中心，大片光潔的落地玻璃窗吸引我的注意。我朝裡頭望，偌大寬敞的空間裡，一位舞者正在練舞。白熾的燈光投射在她身上，她在空曠的木質地板上無限伸展肢體，扭動、跳躍、翻滾，柔軟的線條像一幅流動的畫，在我眼前不斷變換，如同萬花筒那樣快速迷眩，每一眼都讓人驚豔，每一眼都讓人屏息。

『最後她在地板中心不斷旋轉，形成一個無限迴旋的漩渦，那股漩渦的力量溫柔綿長卻無比巨大，彷彿她就是那個圓心，她就是世界的軸心，宇宙天地間只有一個她，最原始的身體最純淨的力量，將我整個人大力吸融進漩渦裡，久久不能自拔。

『就在那瞬間，我再度感受到自己的心跳，怦、怦、怦、怦，一次比一次大聲、一次比一次激烈，我掏出相機，一股強大的吸引力讓我像著了魔那樣不停地按下快門，幾天後，照片沖洗出來，我選了其中一張，寄到舞蹈中心給她。

『又隔了幾天，我接到她的電話，原來她是舞蹈中心的負責人，也是知名的舞蹈家，她告訴我接下來她將有一系列舞展巡迴演出，希望由我掌鏡當攝影師，於是因為這一張照片，我接下第一份攝影工作，從此改變了我的人生。

『跟隨著她，我的拍攝地點從美國開始移動到倫敦、巴黎、米蘭，又因為她的推薦，開始接觸不同的領域，工作足跡慢慢延伸到世界各地。我很快明白，藝術比醫術更吸引我，更讓我心跳加快，當人生的苦難無可言喻的時候，還有藝術可以療癒。』

天光的橙紅色漸漸淡去，夜的容顏刷上淺淺的墨藍色，灰黑的雲塊一團團，凝滯在天邊。碼頭的燈火一盞一盞亮起。

不曉得艾瑞克知不知道，他說這些話的樣子好迷人，一層薄薄的光輝從他臉上隱透出來。他轉過頭，問我：『妳呢？』

『我？我很平凡，也沒有發生過什麼人生轉捩點這樣戲劇性的事情，即使已經二十九歲了，可是還是不知道自己要什麼……也許想去浪跡天涯吧！我想去感受世界上最溫暖的陽光。』

自己說完，有一點心虛，房間裡的世界地圖陪我搬遷多次，早就已經陳舊，書架上整排的世界地理雜誌也都翻爛了，可是我知道我根本沒有勇氣與豪情放手一搏……

『你覺得我很幼稚吧？』我問。

『我覺得妳有一種天真。』他笑得眼睛都瞇了。

『哈，幼稚和天真其實是同一種狀態，你把它美化了。』我說。

此時，艾瑞深沉地笑了，他說：『我的工作……可以讓人到世界各地、浪跡天涯。』他凝視著我，眼睛裡一片燦燦光亮，有些許引誘的意味。

隔天，送他到機場，就要在這裡分離了。

『回到紐約後，我很快地要到愛丁堡拍攝芭蕾舞展，之後再飛加拿大，拍攝莎士比亞藝術節的舞台劇照……』

『嗯。』

『工作會很忙碌。』

『我能想像。』

『不論我飛去天涯海角，我都會給妳消息。』

『好。』我說。

『我的手機在天涯海角都會開機。』他強調。

『好。』我笑了。其實他根本不用跟我交代這些。

艾瑞克走進海關處，排隊驗證。

我在玻璃窗這邊，遙望著他的身影。

就這樣輕易地分離了嗎？

我們才認識七天，為什麼我的心這麼惆悵？

我們是什麼關係呢？

天涯海角都會為我捎來訊息，但是卻避談未來，以後我們還會見面嗎？

他住美國、我住台灣，我連時差都還不會算，我們真的會繼續聯絡嗎？

忽然，遠方的他回過頭，眼神專注地盯望著我，我不明所以，也直直回望著他，我們的眼神電波在空氣中交會又交會，發出一陣一陣『滋』、『滋』的微響，聲音漸漸變得巨大，震耳欲聾。

我快被強烈的電波燒焦了！

艾瑞克的表情難以捉摸，他到底什麼意思？那個似笑非笑的表情蘊涵什麼意義？

艾瑞克思忖了一會，臉上流露一陣奇異的光芒，然後他好像鼓起了勇氣那樣，突然朝著我大喊：『如果我開口，妳願意跟我一起到天涯海角嗎？』

『如果我開口』？這是什麼意思？

他現在不是開口了嗎？為什麼加上『如果』？

拋給我假設性問題，難道要我回答假設性答案嗎？

這是告白嗎？

這是求愛嗎？

這是私奔嗎？

可怕的『沒完沒了多重思考症候群』開始猛烈襲擊著我。

老天，徐詠晴，這個關鍵時刻麻煩妳的腦袋不要鑽牛角尖，趕快回答他！

艾瑞克的問題雷霆萬鈞迴盪在我耳邊，狠狠撞擊著我，我的臉瞬時一陣脹紅，熱熱燙燙，一顆心撲通撲通跳著，好像快要把心臟吐出來了！

海關處排隊的人全回頭看著我，入口處的航警也竊竊睨著我。一雙一雙眼睛瞪得老大，眾目睽睽全在關注這場好戲，看我的反應、等我的答案。

我有點不知所措，傻傻地笑著，笑到臉都快僵了，才從喉嚨呼出顫抖又口吃的一句：『好……好啊！』

一說出口，忍不住咒罵自己，好什麼好啊，發什麼抖啊！這個時候應該要深情款款回答『我願意』才對！

艾瑞克露出一個欣慰的微笑，用手指在唇邊親吻一下，給了我一個飛吻。

我真恨自己的矜持，這種關鍵時刻，我應該要打破規矩、不顧目光，義無反顧衝破航警的阻隔，朝著遠方的艾瑞克大力奔去，跳到他的身上，給他熱烈的激吻，這樣才是感人肺腑的畫面！

我的人生需要這樣致命的吸引力！需要這樣戲劇化的轉捩點！

我的腳步蠢蠢欲動，ＧＯ、ＧＯ、ＧＯ，就是現在，徐詠晴，快！

但是，眼前，輪到艾瑞克驗證了，海關親切審核，很快地，艾瑞克舉起護照，回過頭朝我揮手告別，接著步向登機門。

轉個彎，看不見了，艾瑞克消失了。

消失了，我的，四十五度角男人！

✿

『詠晴，嫁嫁嫁，如果他跟妳求婚，妳馬上嫁！』阿香興奮地拉著我。

『江美香妳瘋啦！我才認識他幾天啊！』

『國際級攝影大師，要豪華有豪華、要才華有才華，為什麼不嫁？』

『阿香，妳什麼時候變得這麼世故？』

『不是世故，是實際。如果有一個人可以給妳愛情，又可以給妳麵包，為什麼不要？』

『他吸引我的不是麵包。』

『那是什麼？』

『是一種感覺，他的胸懷、他的才情、他的思想、他的氣質。』

『夠了，如果沒有這些優渥的條件，他會有那樣的氣質？能給妳那樣的感覺？妳少蠢了！』

『阿香，』我認真地說：『雖然我欣賞他，但是，我對他是什麼感覺我自己並不能確定。我們相處的時間太短了，有約會，但不算交往，我對他當然很有好感，可是說是愛似乎又太牽強。到底什麼是愛的感覺，我感到非常迷惘……』

『妳不要想那麼多，真愛是只要遇到對的那個人就會知道了。』阿香堅定地用作夢一般的表情說著。

『可是如果我不知道他是真愛，我怎麼知道我遇到了？』

『徐詠晴，妳煩不煩啊？每次都把事情搞得這麼複雜，怎麼談戀愛？』

我默默閉嘴，我也很痛恨自己，『沒完沒了多重思考症候群』真是我個性中致命的一擊。

『我搞不懂妳，有時候我覺得妳渴望愛，但是現在真的遇到一個好機緣，妳卻又開始害怕猶豫。徐詠晴，妳當年不是這樣的，高中時候為了才子學長，唱歌那麼難聽的妳都敢站上舞台。妳的勇氣到哪裡去了？』

我被罵得低下頭，囁嚅著：『我不知道是我沒有勇氣，還是因為我不能確定他是不是那個對的人……』

還不等我把話說完，阿香忽然激動了起來，『什麼叫做對的人啊？能夠結婚的對象才算是對的人嗎？戀愛以後分手了，就算是錯的人嗎？妳可以否認戀愛的過程與感覺嗎？在我看來，妳根本是怕受傷吧！

『想愛就去愛啊，為什麼要等人家來愛妳？什麼對的人、錯的人啊？妳總得先試了才知道對不對啊！而且，至少你們是互相吸引的，有這樣的開端，就對了一半，不是嗎？如果我是妳，馬上買機票飛到美國去找他！』

阿香劈哩啪啦地說了一堆激烈的言論，我奇怪地看著她，這些言論根本不像是保守阿香會說的話。

我熟悉的阿香應該會說：『不好吧！兩個人距離這麼遠，根本不可能。』

我熟悉的阿香應該會說：『國外長大的，也算外國人耶，文化差異那麼大，不要浪費時間吧！』

我熟悉的阿香應該會說：『才認識七天，只能算是一時激情，太虛幻了，妳只是他旅程中的一個豔遇，不切實際。』

我熟悉的阿香更應該會說：『距離與感情的濃度成反比，女人的青春與男人的時光不成正比，報酬率無限走低，不值得投資。』

可是阿香卻一反常態，她剛剛說的那些話都不像是說給我聽的，『阿香，妳怪怪的喔！』我審視般地望著她，阿香的雙頰一下脹得透紅，眼神閃爍，撇過頭看著窗外，表情很不自然，有一絲少女的羞怯飛閃而過。

『發生了什麼事？』我趕緊追問。

『我……』她欲言又止。

『妳什麼啊？』

『我我……戀愛了。』

『戀愛？』我驚叫，『跟誰？什麼時候的事？』這可真是一個大新聞。

『快遞小弟，他每天都來我們公司送快遞。』

『那阿拉丁怎麼辦？』

阿香聳聳肩，沒有回答我。

阿香和阿拉丁交往九年，感情穩定。

阿拉丁，本名丁志浩，現在是幼稚園教科書推銷員，擅長變魔術，就是那種會把撲克牌從嘴巴吞進去，可是又從你背後變出來那樣的把戲，簡直像阿拉丁神燈一樣神奇。

阿拉丁為人真誠，待人親切，具備愛心耐心與善心，永遠笑臉迎人，只差沒喊神愛世人。大學時候參加炬光社，專門到育幼院帶團康活動，週末假日只要有空，還到圖書館當義工，為小朋友說故事。所有的小朋友都愛死他了，走到哪裡大家都喊他『阿拉丁哥哥』，隨時有小朋友在他身邊蹦蹦跳跳，向他撒嬌。

這樣的男人，好像挑不出什麼缺點，模範男人如果年年頒獎，他的獎狀連起來應該可以環島一周。

『小妳六歲？妳是說快遞小弟二十四歲？大學畢業才剛當完兵？』

『嗯。他很風趣，現在每天送貨來，還會偷偷夾帶一朵玫瑰花給我。』阿香陶醉說著。

『那阿拉丁怎麼辦？』我心裡其實滿同情阿拉丁。

『詠晴，先不要問我。』阿香把頭埋在枕頭裡，不答腔。

阿拉丁、阿拉丁，唉，魔術師變不回他的愛情了嗎？

✽

艾瑞克走後，我開始等待他所謂『從天涯海角都會捎來的消息』。

三天、五天、一星期。

十一天。

十二天。

十三天。

到艾瑞克離開第十四天的晚上，我終於忍不住撥了一通越洋電話。

電話響了很久，我猶豫著要不要掛掉，手心直冒著汗。

我不斷告訴自己，只當作是打電話問候一個遠方的朋友，這樣就好。

忽然，有人接了電話。

『喂？』是艾瑞克！

『喂，是我，詠晴。』刻意壓抑住緊張的語氣。

電話那頭沉默了三秒，才好似恍然大悟：『喔，詠晴……』

他竟然忘了我？

我衝動地想把電話掛了！

『妳好嗎？』他問，用很生硬的語氣。

『我很好，只是打電話來問候一聲，不知道回去後你一切都順利嗎？』

『很好，忙碌了一點。』他的聲音聽起來有點鼻音，濃濃地，像我心中化不開的迷惑。

兩人一陣沉默，氣氛尷尬，我試著為自己找台階下：『一切順利就好，你的聲音鼻音好重，感冒了嗎？』

『這裡的天氣涼一點，別擔心。剛剛還在睡夢中，接到妳電話嚇一跳。』

『是驚喜還是驚嚇？』我問。我幹嘛這麼問！

話筒裡傳來他淡淡的笑聲，沒有回答。

我一陣洩氣，原來答案是『驚嚇』。

我的電話沒有被熱烈的迎接，反而像是一種打擾。

我不該沉不住氣，不該先撥了這通電話。

『我今天要飛倫敦，攝影器材還沒整理好，我再跟妳聯絡好嗎？』

『沒關係，你先忙。拜。』

就這樣淡淡掛了電話，我的手握著話筒，久久無法動彈，一頭霧水、一頭霧水，這霧又厚又濃又大，將我整個人緊緊包圍住。

到‧底‧是‧怎‧麼‧回‧事？

接下來的日子，不意外，艾瑞克音訊全無。

又過了兩個星期，我收到一封信，寄件地點是愛丁堡。

寄件人當然是艾瑞克，他已經從美國飛往英國了。

這封信安靜素雅從遙遠的天空那頭飛過來，薄薄的，不厚，淡綠色很有質感的信封，黑色簽字筆草寫著我的地址與姓名，連字跡都富有藝術的美感，可是我心中卻隱然湧起一陣不祥的預感。

深吸一口氣，戰戰兢兢將信拆開，除了信，信封裡面還藏著一張照片。

猶豫半晌，抽出，赫然是那張照片，我的左手！

攤開信紙，上面寫著：

『詠晴，我想妳是一個需要很多愛的女人。

妳的手，我牽不起。

祝妳找到妳的幸福。』

七日之戀，劃下休止符。

而這算不算戀愛我都還不確定，他急著拒絕什麼？

『妳覺得完美的人，但在他心目中，可不一定同樣覺得妳是他的完美情人喔！大部分有禮教的男人，絕對不會讓妳發現這一點，如果妳不是他們想要的，他們會很有技巧地全身而退，讓妳摸不著頭緒但也無從聞問。』

原來上次看的那篇〈愛情觀測站〉還有後面的結語，愛倫早就警告我了，到底是誰把報紙摺起來的？害我當初沒有看完全部專欄！如果早知道，至少可以讓我有點警覺心！

『Wednesday妳為什麼要把報紙摺起來？』

『因為我在收拾妳弄亂的客廳！』

『整理客廳為什麼要把報紙摺起來……』我提高了音量。

『妳不要失戀就亂找人發脾氣！』

『誰說我失戀了？』

『妳沒失戀幹嘛哭喪著臉？』

『我……』我不願承認，明明不算戀愛，可是我的確有強烈失戀的感覺，這種感覺比真的失戀還糟糕，因為連個咒罵的理由都沒有，連個怨恨的對象也沒有，什麼都沒有開始，我卻還是受傷了！

『我……嗚……』我好似有著滿腹委屈，低低嗚咽起來，『什麼walks in beauty！明明就是walks in pity！』我激動怪叫著，『什麼都還沒有開始就結束了，我感覺很差！』

Wednesday 同情望著我：『妳那七天快樂嗎？』

我點點頭。

『那就好啦！就當作老天爺讓妳作了一場夢，出現一個完美男人。』

『但他明明不是夢。就算是，好夢也已經變成噩夢。』

『詠晴，不要鑽牛角尖。我覺得其實妳並沒有很喜歡艾瑞克，妳只是喜歡他喜歡妳的樣子。因為他讓妳覺得自己很有魅力、很特別，妳只是喜歡他眼中的妳，所以到頭來妳喜歡的其實只是妳自己。佛洛依德說，愛的最初開始的對象只有一個，就是妳自己！』

『不要把妳的教科書搬出來！我不是活在書裡面！』我抹著淚水，委屈地望著Wednesday。

Wednesay是心理與哲學雙修的學生，書架上盡是一些艱澀難懂的書籍，什麼靈魂啦、神秘學啦、超能力啦等等。

我不懂，為什麼連一個十九歲的女生都可以對我剖析愛情？

四十五度角的男人，消失在一百八十度的地平線上，連個影子都沒有留下。

我望著地平線，老天爺一定要這樣跟我開玩笑嗎？

5

今晚的『小心輕放』需要特別小心。

因為我把我所有的心都帶來了！

脆弱的心、受傷的心、憂鬱的心、難堪的心、支離破碎的心……

伊雪莉、阿香、Wednesday，大家聚在一起，為我再度早夭的愛情哀悼。

我蹬上高跟鞋，穿上和陳強尼相親那天所穿的細肩帶碎花小洋裝（重申一次，小洋裝的顏色是伊雪莉鐵口直斷的幸運色粉紅色，不過顯然一點幫助也沒有，一點都不準）。

娜姊為我清場，整間音樂餐廳保留給我們。

『為什麼老是這樣？總是莫名其妙來，莫名其妙去……』我百思不得其解。

『奇怪，難不成妳今年運勢特別差？』伊雪莉開始掐指盤算。

『那我的運勢未免也差・太・多・年・了・吧！』一股悲憤從心中湧起。

『詠晴，不要這麼自暴自棄嘛！』阿香趕緊安慰我。

『妳們不懂，這感覺很像是我經過一座遊樂場，我只是經過喔！我還在猶豫要不要進去玩，可是遊樂場已經開始殷殷呼喚著來嘛！來嘛！來玩嘛！因為這麼熱情的招攬，我才決定不如進去玩一下吧！正當我舉起腳步準備向前，就在這個時候，妳猜發生什麼事？』

『什麼事?』

『結果，「砰」的一聲巨響，遊樂場突然關門了!剛剛不是才使盡全力的召喚嗎?怎麼忽然間大門深鎖?我荒謬地站在門外，有點錯愕、有點尷尬，才舉起來的腳都不知道該擺放在哪裡，只有委屈地又縮回來。

『艾瑞克事件不就是這樣嗎?我們剛認識，他就對我釋出熱情，我還沒決定要不要接受這份感情，可是他已經毅然轉身離開了，這是怎麼回事?』

我激動了起來，一口氣把長島冰茶喝完，『這個世界上，一半是男人，一半是女人，每天走出門就有二分之一的機會可以遇到異性，可是為什麼我總是遇不到那個人!』我轉頭望著阿香，繼續叨叨發著牢騷:『江美香，妳也知道我從小成績就不好，愛情到底要怎麼努力?如果那個人一直不出現，如果考卷一直不發下來，我怎麼知道我準備得如何?我怎麼知道我會考得好還是不好?難道我連拿考卷的資格都沒有嗎?』

『好啦好啦!』阿香拍拍我，『我也沒比妳好到哪裡去啊!妳看，我一張考卷寫了九年，從問答題到申論題好像都寫完了，答案也不差，如果結婚就是交卷，那麼跟阿拉丁在一起的婚姻，應該可以得一百分，但我還不是捏著考卷，抵死不敢交出去。』

『愛情跟考試根本不一樣，』Wednesday用一種很受不了的表情看著我們，『愛情沒有教科書、愛情沒有標準答案、愛情沒有老師可以教。』

『那妳說，愛情是什麼?』我有意刁難，Wednesday根本沒有戀愛經驗，有什麼資格發言!

『愛情是一種心理狀態，是一種意識流動，當妳覺得愛的時候，愛情就存在!』老天，我恨透了Wednesday的心理哲學雙修！什麼虛無縹緲的話啊！我完全聽不懂！

『那妳說，這世界上有沒有天長地久的愛情？』我承認我咄咄逼人。

『這個問題一開始就不成立。』

『什麼意思？』

『因為愛情是愛情，天地是天地，這是兩個根本不相關的元素。天一直是長的，地也一直是久的，天和地本來就一直長久存在，是人類自己要把愛情和天地扯上關係，愛情的不長久，關天地什麼事？愛情本來就非天非地，為什麼要期待天長地久？』

老天，酒精混雜著難解的語言，我真的快昏頭了。我轉過身去，看著阿香，問：『阿香，妳的快遞男現在狀況如何？』

『我們還在一起，阿拉丁什麼都不知道，』阿香顯得面有難色，熱戀時的陶醉已不復見，『我漸漸開始覺得有罪惡感，我沒辦法抗拒快遞男，但是也離不開阿拉丁，妳知道，我和阿拉丁的感情已經像家人一樣。』

『九年的愛情早就不是愛情，是感情，變成感情應該是一種更牢固的關係，吵吵鬧鬧也離不開了。』伊雪莉在旁邊附和說著。

阿香悶悶的，看起來似乎很受煎熬。

她和阿拉丁和諧平順，幾乎不吵架，沒有任何不對的地方，就是最大的不對。

愛情真的很難。

像我這樣沒人愛，心情很差。

像阿香現在有兩個人愛，也不感覺快樂到哪裡去。

『我連內衣內褲都穿粉紅色了，怎麼還是沒人愛啊！全天下只有伊雪莉最幸福了。』我嚷嚷著。

娜姊、Wednesday不約而同睨了我一眼，眼神中帶著警告的意味。

咦？我說錯了嗎？

伊雪莉閒淡地看著我，慵慵懶懶，悠悠吐了幾口煙，輕柔的煙霧、迷濛的燈火，讓她的臉看起來有些恍惚。

『他結婚了。』雪莉淡淡說著。

『誰結婚了？』我摸不著頭緒。

『志杰。』

『志杰？』我腦筋轉不過來，傻傻問著：『你們什麼時候結婚的？』

『他早就結婚了，不過新娘不是我。』雪莉平靜地說。

我登時清醒了一半，『這是什麼意思？』

『他太太我也認識，一個單純的小女人。』

我瞠目結舌，不敢相信自己的耳朵，驕傲好強的伊雪莉，甘願守著一份不見光的情感？

『誰說我們不見光？他的上司、屬下，所有朋友都知道我，連他太太也知道我，我想他太太根本不敢來確定我們真實的關係。』

『為什麼他太太不敢問清楚？』

『因為她雖然單純，但並不愚蠢，問清楚對她一點好處也沒有，我和志杰的感情不管她知道或不知道，都會繼續下去的，她何必讓自己難堪呢？平時我們一大堆老同學聚會，她還是得和我保持友好的關係。』

我怔怔看著雪莉，好犀利的話語，好殘酷的事實。

雪莉又抽了一口煙，為自己辯駁：『不要這樣瞪著我看，在他們的婚姻裡，也許我是第三者，但是對我來說，在我們的愛情裡，他太太才是第三者。我和志杰從十六歲就認識了！我們的默契與感情，不是三兩天，也不是三言兩語，更不是任何人可以隨便介入的。』

『如果你們的愛情這麼偉大，志杰為什麼不娶妳？』我試探問著。

『因為陰錯陽差，因為我們成長的時候沒有正視我們的感情。』

『好，就算你們是在他結婚後再度相遇才又戀愛，如果他真的那麼愛妳，為什麼不為了妳離婚？』

『我不要，因為那時候他兒子已經出生了。我可以捍衛我的愛情傷害另一個女人，但我還做不到傷害一個小生命，讓他沒有爸爸。』

雪莉略顯激動地接著說：『如果不是因為愛情的成立，我只不過是一個不良的第三者。但是因為有愛情，因為有愛情就不一樣……』雪莉大口猛力吸著煙，聲音越來越微小。

『所以呢？就這樣沒名沒分在一起？』我不解。

『妳的名分是指婚姻嗎？』雪莉抬起頭，反問我：『如果老公睡在妳旁邊，心裡想著是另一個女人，妳覺得是太太幸福，還是那個女人幸福？』

其實我心裡的答案是兩個女人都不幸福，可是我說不出口，而且，會不會有一種可能，當志杰睡在雪莉身邊的時候，其實也隱隱思念親愛的老婆與兒子呢？

我什麼也不敢說，只有慢慢吐出一句：『雪莉妳真傻。』

『愛情裡只有甘願不甘願，沒有傻不傻。他在上海工作，我和他老婆兩個都在台灣，兩個人都見不到他，但是他的心是在我這裡的，我覺得我比他老婆幸福。』雪莉說著，不知道是在回答我，還是在說服她自己。

這個志杰太厲害了，我只聽過台商在大陸包二奶，可沒聽過台商人在大陸，可是把二奶包在台灣的！

雪莉口口聲聲說她幸福，我卻想起我剛搬進Wednesday房子的時候，曾經聽到對門雪莉的啜泣聲，這種愛得不踏實的關係，一定相當折磨人吧！

『難怪妳哭！』我小小聲咕噥著。

伊雪莉沒有聽到我說的話，很快地喝了一杯龍舌蘭，酒杯輕輕落在桌上，水珠從玻璃杯外滲出，無聲滑落，像緘默控訴的淚水。

雪莉真的如她表面看起來那樣堅強精明嗎？

做為婚紗店老闆，每天為別人的婚禮歡天喜地，自己卻永遠不能和深愛的人披上婚紗，這是多大的諷刺？

『小心輕放』裡好似一片低迷。

我一杯接著一杯，眼前，整個世界變成一個巨大晃動的酒杯，搖搖晃晃，恍恍惚惚。

穿著高跟鞋，顛著腳，娜姊在整片ＣＤ牆上抽出一張ＣＤ，路易斯・阿姆斯壯的What a wonderful world流洩而出。

我把桌椅都移開，空出一塊地方，拿著酒杯胡亂舞著、扭著。

看見自己的倒影在玻璃裡反射出來，我覺得臉紅紅的我、眼眸裡蕩漾著波光，看起來還挺迷人的，這樣的我，真該讓誰欣賞一下！真該讓誰讚歎一下！

可是該會是誰？

想要是誰？

路易斯・阿姆斯壯低沉的嗓音娓娓訴說著這個世界多麼美好，但今晚我的感覺只有What a ridiculous world！多麼荒謬的世界！

還在出神，忽然手機響了。

我走到包包旁邊，摸出手機，來電顯示是阿達！

『阿達……』我含糊地接了手機。

『詠晴？』

『阿達，我穿高跟鞋喔……』隨即我咯咯亂笑一陣，『你要不要看我穿高跟鞋的樣子啊？』

『妳喝醉了嗎？妳在哪裡？』

『我在……不告訴你。』

『嗯。』阿達沉思一會，說：『我想妳真的喝醉了。要不要我送妳回去？』

『你不知道我在哪裡怎麼送我回去？』

『所以妳趕快告訴我妳在哪裡。』

『你是問我在哪裡，還是問我想去哪裡？』我裝傻。

『我問，妳・在・哪・裡？』他著急了，一字一字說著。

不知為何，他的著急讓我有點開心，他很在乎我嗎？

唉喲，臭阿達，你為什麼不問我想去哪裡？我可以借酒裝瘋告訴你，如果可以，我有那麼一點一點想去你心裡。

『什麼這裡、哪裡啊？』阿香一把搶過手機，扯大嗓門胡亂吼著（我想阿香也醉了）：『張正達，徐詠晴醉了，麻煩你來載她，我們在「小心輕放」。』

阿達的車很快地出現在『小心輕放』門口。

我坐在小院子裡的大樹下，朦朦朧朧的月光迷離，朦朦朧朧的樹影搖曳，朦朦朧朧的目光中看見阿達下車走了過來，依坐到我身邊，關心地望著我。

『怎麼喝這麼多？』他問。

『因為口渴。』我說。

『口渴可以喝水。』他說。

『因為氣氛好。』我再回答。

『氣氛好可以跳舞。』他說。

『因為憤怒。』

『憤怒可以捶牆壁。』

『因為本小姐我心情不好。』

『心情不好可以找我。』

『心情不好為什麼可以找你？』我反問，故意地，眼睛逼視著他看。

阿達忽而垂下頭，抿著嘴笑著，不回答我的問題。

好一個狡猾的傢伙！

我站起來，大嘆一口氣。

然後，在月光下，我舉起腳，秀出我的高跟鞋，在小院子裡哼著歌、拉著裙子轉起圈圈。

意猶未盡，我跳上小院子裡的餐桌，繼續哼哼唱唱。

阿達又好氣又好笑地望著我，『詠晴，不要調皮了，小心跌倒！』

『我不怕！』

『為什麼不怕？』

『因為你會救我。』

『妳這麼有把握？』

『你好歹是一個紳士吧！紳士怎麼可以讓淑女摔下來！』

『妳是淑女嗎？』他調侃我。

『我今天穿高跟鞋，我是！』完了，他一定覺得我幼稚，沒關係，幸好我是醉的。『快下來，如果我沒有救到妳，摔痛的是妳。』

好吧！我乖乖地跳下餐桌。

『上車吧！』

『好。』我伸出雙手，長長的，故意賴皮，『你牽我，我的腳癱瘓了。』

阿達走過來，一把大力地拉著我。

好溫暖的手啊！能這樣肆無忌憚的撒嬌，感覺真不賴！

阿達將我扶進車子，細心地為我繫好安全帶。

然後他坐上駕駛座，一路往前開。

我在車上開始哼哼唱唱起來，整個人呈現一種莫名其妙的亢奮。

就在到了家門口的時候，我突然大喊：『張正達！我跟你宣布！』

『宣布什麼？』

『我要談戀愛！明天一早出門遇到的第一個人我就要跟他談戀愛！』我斬釘截鐵地說。

『好，我站在門口等妳。』他又好氣又好笑地安撫我。

我瞅著他，惡狠狠地說：『我要跟他戀愛，然後活活整死他！』

阿達一愣，隨即哈哈大笑起來。

笑？笑什麼？有什麼好笑？

我不能談戀愛嗎？我被戀愛折磨，我不能折磨回去嗎？這個臭阿達，不喜歡我幹嘛體貼地來接我？他不知道這樣很容易造成錯誤的解讀嗎？

我用力扯著阿達的襯衫，把他拉近我面前，今天晚上我一定要知道，那個大波浪女和他是什麼關係，大波浪女到底是不是他女朋友？

『阿達。』我嚴肅地喊了他。

『幹嘛？』

『張正達！』更嚴肅地再喊一聲。

『幹嘛啊？』

『我想問你一個問題，』仗著酒醉人膽大，我借酒裝瘋起來。

『妳問啊？』

『那個大波浪女……』

『嗯？』他看著我，等待我講下去。

『大波浪女……』突然間我的胃一陣翻攪，『喔』的一聲……

『先不要吐，先不要……啊……』阿達急忙慌張阻止。

來不及了……

我……

阿達對不起……

然後我在阿達的車上昏睡了過去。

6

天氣漸漸涼了。

夏天一下子走到秋天。

這陣子的天氣陰陽怪氣，時而陽光普照，時而淒風苦雨；一下子長袖、一下子短袖；忽冷忽熱讓辦公室感冒的人數激增，連雞皮那個身強體壯的小伙子，都沖泡伏冒熱飲，一天連喝三次。

今天一早，走進辦公室，在茶水間聽見一陣激烈的咳嗽聲，每咳一聲，天花板彷彿被一股力道震得開開合合，腳踏的地面也隱隱震動，此人內力之強，光聽咳嗽聲就知道絕非等閒之輩。

我感到驚駭不已，又在心裡深深同情他，咳成這樣一定很難受吧？

好奇的我循聲探去，一路尾隨著忽大忽小、起起落落的慘烈咳嗽聲，最後我的腳步停在瞪爺的辦公室門口，這個人竟然是瞪爺！

想不到我們那玉樹臨風、文風不動、罵起人來聲若洪鐘的總編輯瞪爺竟然也生病了！

見他辦公室的門沒關，我忍不住探頭關心。

瞪爺一臉憔悴癱在椅子上，頭上本來就不多的頭髮也沒有梳理，平日炯炯有神瞪人無情的霹靂晶光眼，如今失去了威力，看起來奄奄一息。

『瞪爺，你還好嗎？』

他手捂著胸，一邊咳，一邊搖手對我說：『沒事沒事！』

『怎麼會沒事？我聽見你咳得好厲害喔！』

『沒關係，過幾天就好了……咳咳咳咳……』老天，也未免太慘了吧！

『瞪爺，你該煮個川貝水梨來喝，小時候我媽都這樣煮給我喝，聽說治咳嗽很有效。』

瞪爺沒答腔。

我冒昧問著：『瞪爺你家裡有人可以照顧你嗎？』

『我家只有我和我的露西。』

『露西是？』菲傭？情人？老媽？室友？機器人？充氣娃娃？

『我的波斯貓，今年九歲了。』他認真回答。

我差點笑出來，不苟言笑的瞪爺養一隻溫柔波斯貓！哈哈哈！隨即我告誡自己不能這樣殘忍，一個中年危機的古怪男人和一隻老貓相依為命，已經夠淒涼了。但我無法阻止自己亂想，瞪爺養的貓八成也是一隻怪異的貓，月黑風高的夜裡，毛髮就會豎立起來的那種長相陰險的貓。

『唉，生病的時候難免感慨，還是有一個人可以互相照顧比較好。』瞪爺略顯遺憾地說。

我知道瞪爺是不婚主義者，一身孑然，從沒家庭經驗，這樣孤僻獨居的瞪爺為什麼會是一本居家休閒雜誌社的總編輯呢？

因為瞪爺沒有溫暖的家，所以才把自己所有的時間都賣給《溫暖・家》嗎？還是，他想從《溫暖・家》獲得溫暖的想像嗎？

這個問題很難，我在《溫暖・家》雜誌社工作五年來從來沒有想通。

退出瞪爺的辦公室，拐過大門總機。

我瞥見催姊，公司裡另一個古怪的人。

陰沉沉、灰濛濛，催姊依舊面無表情坐在大門入口處的櫃檯，像個木頭人一樣，上衣是藏青色，褲子是深黑色，四十八歲的催姊透著八十四歲的暮氣沉沉，每次經過都有一陣冷颼颼的感覺。

同叫崔苔青的催姊雖然沒有六〇年代影視紅星崔苔青的美貌，不過，仔細端詳一下，催姊的五官細緻，睫毛濃密纖長，如果她願意拔去那個老氣的黑色膠框眼鏡，其實催姊算是有著迷人的中年之姿。

催姊自從多年前離婚後就一直獨身到現在，幾乎以公司為家，過著孤單的生活，感覺上她的生活相當貧乏，整個人沒有一絲光采，槁木死灰大概就是形容這種狀態。

唉，催姊應該再去談一場戀愛的！離婚的女人還是應該要戀愛啊！

唉，瞪爺也該去談一場戀愛的！一輩子不結婚，還是可以戀愛啊！

唉，要是瞪爺可以愛上催姊那該多好啊！這不是相互拯救了兩個孤單的靈魂嗎？

咦？我頭頂上的燈泡登時一亮！

對啊！對啊！

如果催姊回家後一個人是那麼孤獨，如果瞪爺回家後一個人是那麼寂寞，那何不？……

我刻意繞道催姊面前，親熱地喊了她：『催姊……』

『幹嘛？』不太客氣的回應。

『沒有啦，我剛剛經過瞪爺的辦公室，他感冒得好像快要死了耶！』我誇張地說。

『嗯。』她冷冷的，面無表情，低著頭翻看剛出刊的《溫暖‧家》，理都不理我。

我磨菇了一下，硬著頭皮，繼續加油添醋：『催姊，真的真的，我工作這麼久，從沒看過瞪爺病得這麼嚴重。』

『多嚴重？』她終於抬起頭。

『超級~嚴重！』我特別加強『超級』這個字，繪聲繪影說：『瞪爺咳得臉色發白，好像差一口氣就要掛了；而且他咳一咳還背著我大力嘔出東西，不敢讓我看見……』然後我轉換一個恍然大悟的表情，『天啊！天啊！搞不好瞪爺已經咳到吐血了……』媽呀！我也太誇張了吧！

催姊露出半信半疑的表情，深深打量著我。

過了一會，她又再度板起鐵娘子的臉孔。

『妳告訴我這個消息做什麼？』催姊瞅著我看。

『我……』我躊躇起來。

『年輕人說話不要拐彎抹角。』譁！果然是魔高一丈的催姊。

『催姊，我是想說，如果不太麻煩的話，催姊能不能幫忙照顧一下瞪爺啊？』我鼓起勇氣一口氣把話說完。

『什麼叫做不太麻煩？我平常催你們這些小伙子的稿子還不夠，現在還要照顧老頭子啊？我又不是保母，別忘了我的本職是總機小姐。』催姊毫不留情，拒絕得一乾二淨。

唉，踢到鐵板了，我摸摸鼻子趕緊閃人。

陰陽怪氣。

真是陰陽怪氣！

這下我瞭解了，催姊不但陰陽怪氣，而且還冷酷無情。

可憐之人必有可惡之處，無人愛之人必有不可愛之處。

陰陽怪氣、冷酷無情、孤僻古怪的人全在《溫暖．家》，這個雜誌社一點都不溫暖！

我這麼雞婆幹嘛！

算了算了，我收回我剛剛突發奇想的無聊念頭，老頭子與老姑婆各自孤單寂寞的老去吧！

乖乖回到座位上，看見阿達在ＭＳＮ上傳了訊息給我。

達達馬蹄：天氣晴小姐，請問妳跟今天出門遇到的第一個男人談戀愛了嗎？

自從那天喝醉酒胡言亂語之後，這是阿達每次看見我上線的開場白！

我對自己那個酒醉晚上的一切失態感到非常懊悔，喝過的酒可以吐出來，說過的話卻收不回來。

如今只有落得每次都被調侃的地步。

我嘆了一口氣，在鍵盤打入：

今天天氣晴：阿達先生請容我跟您回報，今日我出門遇見的第一位男人，目測年齡四十八，預估體重七十八，正在進行的動作是按喇叭，叭叭叭叭叭叭叭，一看就知道戀情不會一路發！

你相信嗎？從那天開始，我真的特別注意每天出門遇見的第一個男人。

如果你曾經留意過，就會發現這世界上的男人五花八門，不過沒一個會想讓他進家門。

就像今天早上我遇見的那位仁兄，是正好塞車在我門口的計程車司機，一臉橫肉，殺氣騰騰。

老天爺啊！你讓我們每天出門有二分之一的機會可以遇見異性，可是卻不讓我們遇到對的那個人，這二分之一的機率到底有什麼意義呢？

達達馬蹄：別洩氣，展望未來。

今天天氣晴：謝謝。今天辦公室病號一堆，連瞪爺都感冒了。

達達馬蹄：那妳還好嗎？

今天天氣晴：我還活著。

達達馬蹄：恭喜妳倖免於難。

今天天氣晴：所以要努力工作寫稿。肝若是不好，人生是黑白的，肝若是好，稿子是空白的。

達達馬蹄：加油！繼續工作吧！

今天天氣晴：我知道，今天不努力工作，明天就要努力找工作。

達達馬蹄：哈哈，現在是繞口令教學嗎？

今天天氣晴：現在是自娛娛人時間。

下班前，接到強尼打來電話。

『詠晴……』他的聲音沙啞，好像剛哭過。

『Johnny，怎麼了？』

『我在醫院。』

『你在醫院？你生病了嗎？』

『不是我，是我媽……』

『陳媽媽？』

『我媽前幾天腹部疼痛，檢查結果有一塊很大的陰影，她好痛苦，一直呻吟，我想……』強尼哽咽著，『我想……她的日子可能不多了……』

我的手一軟，話筒幾乎握不穩，雖然跟陳媽媽沒有太多接觸，但是強尼已經變成我的好姊妹，聽到這樣的消息，我又震驚又難過。

『Johnny，你別慌，我馬上到醫院來看你。』

『詠晴……有個忙，妳一定要幫我……』

『什麼事？』

『嗯……』強尼支支吾吾。

『你說啊！』

『等妳到醫院再講好了。』

事不宜遲，拎了包包，衝出辦公室，我招了計程車飛奔醫院。

車子還沒到，遠遠地，我已經望見強尼憔悴的身影在醫院大門口徘徊，一定是在等我。一下車，強尼見到我，趕緊把我拉到旁邊的小花圃。

『陳媽媽現在狀況怎麼樣？』我問。

『不是太樂觀。』

『那我們趕快上去吧！』我轉身欲走，強尼又一把拉住我：『等一下。』

『還等什麼啊？』

『詠晴，我非常需要妳幫我一個忙……』

『所以我不是來了嗎？』

『媽媽希望我有個女朋友，希望看見我安定下來……』

『所以？』

『所以妳可不可以假裝是我女朋友？妳是我媽媽安排相親的對象，如果她知道我和妳在一起，她一定會覺得放心……』

『假裝是你女朋友？』我愣了一會：『陳強尼，我唱歌很難聽，演戲很難看，你這個忙，我根本不可能幫嘛！』

『拜託！詠晴，求求妳……我已經跟媽媽說我們交往一陣子了……』

『什麼？』我驚叫。

強尼坦承犯罪那樣地點點頭，還擺出一副『不然妳砍死我好了』的表情。

『我根本還沒答應你啊！』

『詠晴，我只求妳幫我這麼一次，以後妳叫我做什麼我都願意！做牛做馬、當跟班提背包，任妳差遣……』強尼可憐兮兮說著，『拜託拜託……』

我還在猶豫，他把雙手拱在額前，繼續求我，『拜託拜託……』

我嘆了一口氣，『好啦好啦！不要再拜啦！我又不是佛像……』十分不情願，但是也只有勉為其難答應。

『我就知道詠晴妳最好了！』強尼詭計得逞，開心鬆了口氣。

走進病房前，強尼將我的手拉去勾緊著他的手臂，我們狀似親暱肩並著肩走在一起，『等會嘴巴甜一點，拜託！』他不放心叮嚀著。

『要多甜？』

『一開口就會讓人起雞皮疙瘩的程度。』

『那不是聽起來很假？』

『我們本來也就不是真的，不過，妳要搞得很真，真實真誠真性情，自然而然不做作。』

『陳強尼，你對臨時演員的要求很高耶！』我瞪了他一眼。

『拜託拜託……』又來了，又露出那種可憐兮兮的神態，『詠晴妳最好了……』

好？我這麼好幹嘛啊？又不是角逐好人好事代表……

不過，為了陳媽媽，我還是非常樂意的。

『媽，詠晴來看妳了。』一踏進病房，強尼開朗招呼，故作開心。

陳媽媽瑟縮在病床上，臉色蒼白，看見我來，臉上勉強湧起一絲笑意。

『陳媽媽……』我揚起高分貝熱情地喊著。

『詠晴，陳媽媽最高興看見妳了。』

『我也非常想念妳呢！』

『詠晴一聽見妳住院馬上就趕來了。』強尼補充說道。

『真是不好意思，小病痛讓妳這樣跑一趟，太麻煩妳了。』陳媽媽客氣說著，眼神似有若無瞥著我和強尼，強尼警覺，馬上牽起我的手。

『不麻煩，一點都不麻煩，陳媽媽，如果妳不嫌我煩，我每天下班都過來煩妳喔！』這樣夠甜了吧！

『好好好，這樣最好啊！我在醫院悶得發慌呢！』

陳媽媽對我頻頻點頭，然後拍拍床，示意我坐到床邊，換她拉著我的手親切撫摸，似乎對我和強尼的結合滿意得不得了。

看來我演得還算不差。

三人隨意漫談，陳媽媽的笑容越來越滿意，越來越欣慰。

『媽，時間晚了，我先送詠晴回家，她明天一早還要上班呢！』

『好吧！』陳媽媽依依不捨。

就在這個時候，強尼溫柔地將手擱在我的肩膀上，一把將我摟得緊緊，親密地說：『走吧！親愛的詠晴！』

我被這突如其來的舉動嚇了一跳，有一股超強電流快速竄透我的血管肌膚，五臟六腑霎時一震，心臟開始亂七八糟怦怦猛跳。

撲通、撲通。

撲通、撲通。

一陣天旋地轉搖晃這個病房，眼前空間忽然一震。我感到四肢鬆軟而無力，身體隱隱冒汗。然後強尼緊握著我的手，將呆若木雞的我牽離開病房。

怎麼回事？

我們是偽戀人，我怎麼會有真感覺？

離開醫院，一路上我納悶不已。

剛剛突如其來的電流，不知道強尼是否也有所感應？

強尼載著我，一路開到了通化街夜市吃消夜，忙了一個晚上我什麼也沒有吃，強尼細心體貼地帶我好好吃了一頓，然後再載我回家。

回到家，開了門，客廳一片漆黑，Wednesday已經睡了。

我方才難解的情緒漸漸平緩。

開了燈，強尼探頭探腦進了客廳，『古今多少事，盡付笑談中？』強尼望著牆上那一大幅蒼勁的書法，狐疑地望著我。

『不是我寫的，是Wednesday。』

『Wednesday？她每隔一陣子就來找我換新髮型，頭髮染成深紫色，全身打滿洞，新潮得不得了，她竟然熱愛傳統文化？』

『她怪的地方可多哩，你該去看看她房間書架上的書，什麼《榮格解夢書》、《超凡之夢》、《科學與神秘的交叉點》……包準你看得頭痛、心悸、胃抽筋！』

『我對Wednesday的房間沒興趣，不過……』強尼打趣地說：『我倒是很想參觀我親密愛人徐詠晴小姐的閨房。』

對喔！今晚我扮演的角色是他的親密愛人。

『要參觀閨房可以，請付門票。』我攤開手。

強尼湊過來，問也沒問，不由分說，直接朝我的額頭，大力地親吻下去，然後說：『這就是門票。』

這一吻，我又呆掉了。

然後他開了門，大方地逕自進入我的房間。

我搞不懂，如果他也是女的，為什麼這時候他又有著男性的霸道？

『陳強尼……』我追在他後面。

『嗯?』

『我想問你,剛剛在醫院,你摟著我的時候,有什麼感覺?』

『感覺?要有什麼感覺?』他回過頭看我。

『就是……心理的震撼或是生理的反應啊?』

陳強尼歪著頭,枯腸思索。

我再逼問,『好,那剛剛你進門親吻我,又有什麼感覺?』我一雙眼睛炯炯有神地逼視著他,急於知道答案:『你說啊!沒有嗎?真的沒有感覺嗎?』

『詠晴,妳這是為難我還是為難妳自己?』他面有難色。

我放棄了。

原來真的沒有!

『唉!』我大嘆一口氣,坐到床上,強尼忽然靠過來我身邊,他身上散發淡淡的古龍水香水味,交融一絲絲男人的氣味。他用一種耐人尋味的眼神望著我,然後誘惑般地問著:『要不要我認真親吻妳試試看?』

我看著他,一個吻只是一個實驗,沒有情、沒有愛;沒有心理上的共同渴望,沒有親密的歸屬感,這樣輕易輕佻的一個舉動,讓我莫名地有點生氣,這算什麼嘛!

揚起手一把打回去，重重駁斥著：『我們兩個沒有感覺要怎麼吻？』

『也許吻了就會有感覺。妳不知道肢體與肌膚的碰觸是非常微妙的嗎？』強尼帶著誘惑的眼神，逼近我：『嘴唇和嘴唇輕輕觸碰在一起，軟軟的，又暖暖的，嗯……yammy yammy。』他抿了抿嘴唇，露出好美味的表情。

『算了！我可不想我們相親不成、戀愛不成，最後連姊妹也做不成。』我揮揮手，懶得跟他說。

強尼自討沒趣，聳聳肩，不置可否。

『強尼，你從來沒打算告訴陳媽媽你愛男人嗎？』我忍不住問。相親晚餐上巧遇的Mark，搞了半天才是強尼真正的親密愛人。

強尼瞞騙Mark來與我相親，卻不巧又在餐廳遇見Mark（所以相親千萬不能去常和情人約會的餐廳，強尼也太漫不經心了）。

談到Mark，強尼的表情倒是忽然認真了起來，他慎重地回答我：『我當然考慮過要告訴我父母我和Mark的事情，而且想了很久，有好幾次話都已經擠到嘴邊了，但是總在最後一秒鐘又吞了下去……』強尼搖搖頭，很無奈地說：『我真的說不出口。』

『可是你跟陳媽媽感情很好，我以為你們該是無話不談的母子。』

『再親密的家人，裡面總是包含一些私人的秘密，怎麼可能完全透明？只是我的秘密沉重了一點。我們家只有我一個男孩子，又是單純保守的家庭，尤其，我爸是那種任勞任怨的公務員，一輩子都過著循規蹈矩的生活，他的腦筋是很死板的……』強尼說著，用手大力拍拍我房間的牆壁，

『喏，就像這面牆壁，銅牆鐵壁一樣，我爸的腦袋是被鋼筋水泥建構得很好的一棟老式建築物，雖然外觀設備是那樣不合時宜，但是鋼骨結構卻堅牢無比。他那些牢不可破的價值觀，不容質疑也不可挑戰，如果違背了社會期望或是倫理價值的事情，在他看來通通都是荒唐、荒謬、不可理喻。他很偏激！只認定一種普世的價值觀。』

強尼略顯激動地說著，講到父親，強尼的表情複雜難以言喻，有愛、有無奈、有不滿、有不諒解、有一點遺憾，可是又蘊涵好多澎湃的情感。

我彷彿感覺到，在成長的過程中，強尼必定曾經有許多事情與父親僵持不下，一定不光是感情這個關卡，這也絕不是一個同性戀與異性戀的戰爭，而是一個兒子與父親的戰爭。

我不知道還有些什麼，但是似乎隱隱看見一個小男生，一個小強尼，赤手空拳朝著四周不斷奮力揮打，他清秀的小臉因為憤怒而脹紅，表情扭曲，眼角噙著淚光。不過，無論他朝哪一個方向揮拳，他始終徒勞無功。

他站在一棟老舊的建築物裡，裡面空空盪盪，屋舍雖老，但他微小的力氣也不足以將它摧毀。他就站在房子的正中央，回應他的只有巨大無聲的壓迫，他無能為力，因為他根本無法離開這裡。

強尼邊說邊走到窗邊，把窗簾拉開，推開一點點窗戶，讓夜晚的微風吹透進來。

時間已經很晚，是兩點多的深夜。

窗外，月亮高高掛在天邊，月光皎潔光明，只還差那麼一點點，就幾乎是完美的滿月。

『當年我爸跟我媽是相親結婚的，他的情感表達是那麼壓抑保守，我懷疑我爸年輕時候根本沒有談過戀愛，他連戀愛是什麼感覺都不知道。

『詠晴，妳想想，如果我爸連異性戀的正常感情他都不明白了，更別提什麼男人愛男人的同性戀，他怎麼可能體會？我從來也不奢望他可以瞭解。』

強尼繼續說著：『其實，我很早就發現自己對男性的渴望。懵懵懂懂的青春時期，當同學興奮地在討論隔壁學校的女生如何如何，熱熱鬧鬧起鬨要聯誼、要夜遊、要唱ＫＴＶ，或是說誰的胸部很大、誰的腿很修長、誰的臉蛋像天使，那些時候我根本沒有辦法參與，我的目光不由自主地只停留在男同學身上。

『當我自己察覺到這樣的情形，我感到非常恐慌、非常害怕，我的喜好和大家不一樣……我懦弱，沒有勇氣敢承認這種感覺，我只能壓抑它、忽視它、躲避它。

『我覺得自己好像一個掉到地球的外星人，我不知道有沒有人跟我是一樣的感覺？或是，有多少人跟我一樣，想要找到和自己同一個星球的同伴？

『詠晴，我們，很辛苦的……』

『我瞭解。』我同情說著。

『成長的時候認識自己本來就是很辛苦的歷程，尤其是，越認識自己之後，越發現自己與這個世界的距離有多大，那才是恐慌的開始。

『尋找同伴更是一條狀況不明的路。我們太隱晦，每個人都怕，也擔憂，辨識度不明，我們彼此既像嫌疑犯又像偵探，每個人都小心翼翼，要留下許多線索給別人，也要解讀許多別人的佈局，彼此還要使用很多很多曖昧與暗示的語彙，最後才能驗明正身，找到同夥。

『即使有了兩情相悅的對象，關係也都是閃閃躲躲。

『就這樣，我一邊享受著擁有秘密的快樂，一邊又承受不能曝光的煎熬，度過我的青春期。

『後來，一直到二十五歲那年，我認識一個女孩子。

『這女孩總是喜歡綁著俏麗的馬尾巴，俐落大方。她聰明幽默，和她相處我竟然會不經意地去想像一些和她在一起的美好畫面。我們交往了一陣子，每天講電話可以講好久，一點也不膩。我感到很訝異，原來我還是有可能喜歡女孩子的，我對女孩子依然可以有感覺。』

『妳知道嗎？詠晴，』強尼看著我，窗外的月光映照在他的臉上，柔柔的，強尼有一半的臉在月的光輝下閃耀，有一半的臉則被窗簾的陰影遮蔽。

『看著這個女孩，我突然有一種如釋重負的感覺，也許長年來負擔一個秘密的無形壓力已經讓我筋疲力竭了，所以她的出現，好似帶來一道曙光。她像是一個通透發光的甬道，大剌剌呈現在我面前，邀請我往前邁步。

『我只要能夠順利穿過這個甬道，就可以和世界重新取得連結，我就不是外星人，我可以自然降落在這個地球上，變身成這個世界的一分子。

『牽著她的手在馬路上散步，一起看電影、逛街、拌嘴，過著一般情侶普通的約會生活，我內心感到前所未有的坦然，原來我還是可以步上正常軌道，過著和一般人一樣的日子。

『可以和喜歡的人在大街公然上擁抱或是熱吻，是一件多麼開心的事情。

『交往半年後，有一次送她回家的晚上，我開口向她求婚！即使事隔多年，我到現在都還能清楚回憶那個夜晚……』

故事才說到一半，強尼停頓下來，抬頭望著窗外的月亮，一陣沉默。

沉默持續了很久，我好奇，順著強尼的目光望出去，看不出來這個月色有什麼不同？

強尼回過頭來望著我，解答我的困惑，他說：『那個夜晚，就像今天這個夜晚一樣，是一個幾乎快要滿月的時分。

『我就在這樣快要圓滿的月光下，突然間開口對她說：「嫁給我吧！我們明天就去公證好不好？」』

『老天，她嚇壞了吧？』我說。

強尼笑了，『她沒有。很奇怪吧！她沒有被我的求婚嚇一跳，反倒是我對她的平靜感到迷惑。』

『她的反應就只是平靜？』我問。

『嗯。她很平靜地看著我，一句話也沒有說，臉上沒有被求婚的喜悅，只有深深思考的表情。我焦灼地等著盼著，然後，她伸出手，撥開我的頭髮，輕輕摸著我的臉龐，歪著頭看著我，好像從來不曾認識我一樣，非常認真用力地審視我。

『在那個迷濛的月夜下，我們彼此沉默，而我被她深深盯著看，氣氛非常詭異，讓我相當不自在。過了好像有一世紀那麼久，她悠悠地開口了，說了一句非常奇怪的話……』

『她說什麼？』

『她說：「強尼，你的臉有一半是陰影，沒有在月光下，所以我看不清楚……」』

『這是什麼意思？』我怎麼一點也聽不懂？

『別說是妳，在那個當下，我也一點都聽不懂。』

『後來呢？她解釋了嗎？說些什麼？』我急急問著。

『後來，她慢慢說著：「強尼，和你相處在一起的時光很快樂，只是……我常常覺得疑惑，因為我只能感受到你一半的熱情……我是說，我常常覺得，只有一半的你是愛我的，我不知道另一半的你到哪裡去了……」』

強尼說完，神情一陣低落，聲音變得乾乾的，然後他就沉默了。

『她說中了嗎？』我小心翼翼問著。

強尼點點頭。

『所以她沒有回應你的求婚？』

強尼又點點頭。

『好可惜。』我說。

『嗯。只差一點點，就會很圓滿，就像今天的月亮，只差一點點，就是完美無缺的滿月。』

『你曾經覺得遺憾嗎？』

強尼歪著頭思索了一會，然後他認真嚴肅地說：『其實我有想過，如果她真的嫁給我，也許我就可以過著正常的人生，我會非常感謝她。不過，因為她終究沒有嫁給我，所以我可以誠實面對我的性向，我也還是非常感謝她。

『所以，得與失都有一半是好的。

『你得到了這一半，就表示失去了另一半。

『如果你失去了這一半，那一定獲得了意外的另一半。

『人生的賭注很玄妙，它和金錢上的賭注不同，人生的賭注永遠沒有「全有」與「全無」的局面，無論如何一定還有一半的收穫。』

三更半夜聽到強尼說出這麼富有哲理的話，我真是欣賞他到不行！

『然後你就再也沒和女生交往過？』

『嗯。一直過了幾年後，我遇見Mark，交往到現在。詠晴，如果不是因為愛情的成立，我和Mark的關係，只會被視為肉慾與畸形。我很排斥世俗對我們的偏見，至少對我而言，性的趨向，也是源由於愛的趨向，是很自然的結合。』強尼誠懇地說著。

我恍然憶起這句話多麼熟悉。

如果不是因為愛情……

伊雪莉說，如果不是因為愛情的成立，她就只是一個破壞婚姻的第三者。

江美香說，如果不是因為愛情的成立，她就只是一個情感不忠的背叛者。

陳強尼說，如果不是因為愛情的成立，他就只是一個悖違常理的同性戀。

愛情啊愛情！以汝之名，捍衛著多少顆勇敢卻又悲傷的心啊！（當然也包括我這顆想愛但是卻一直孤單的心！）

我有些惆悵，強尼的話語把我拉回現實，『我爸爸在一年多前過世了。』強尼神色黯然地說著，『他過世之前，我們其實很久沒有說話，我在英國留學的時候，刻意不與他聯絡，打電話回家只和媽媽通話。

『現在想起來，最後幾年我們的父子關係很彆扭，我隱隱覺得，他好像察覺了什麼，可是他不願意承認，也不敢真的來問我，而我自己也害怕他真的來問我，索性一直逃避他。

『我和我爸好像還有很多話沒說清楚、很多心結還沒解開，他就突然走了。爸爸沒有機會看到我成家，是他人生的遺憾。現在我家只剩我媽一個老人家，我怎麼還敢跟我媽坦承這一輩子我都不會娶妻生子？』

『你打算跟Mark一直這樣下去嗎？』

『至少目前為止，我們都認定彼此是最好的伴侶，我們也擁有最好的關係。妳看過電影「費城」嗎？這部電影我和Mark一起看過好幾遍，湯姆漢克斯和他的伴侶相扶相持，這種平實深遠的關係就是我所追求的。』但是，隨即強尼又一臉憂愁，『不過，只要一想到我媽我就非常難受……好像自己隱藏一個天大的秘密，很重要，可是又不能說……現在我媽又住院，更是什麼都不能說……』

強尼長長嘆了一口氣，『有時候並不是我們自己選擇了秘密，而是秘密選擇了我們。如果被秘密選擇了，好像就只能照著秘密的規則，暗無天日的運作下去。』

他苦惱地啪一聲倒在我床上，他皺起眉頭，深深盯著天花板發愣失神，過了一會，他才意識發現我貼在正上方天花板的地圖。

『妳頭頂上貼著世界地圖？』他問。

『嗯。』我點點頭。

『妳每天看著它入睡？』

『嗯。』我又點點頭。

『為什麼？』

『沒有啦！』我頗不好意思地說著：『我只是想，也許有一天可以去浪跡天涯，去感受全世界最溫暖的陽光。』

『妳看過金凱瑞的「楚門秀」嗎？』

『看過。』

『主角小時候想要去探險，結果老師告訴他，這世界沒有什麼好探險的了，所有的角落探險家都已經去過，全世界都已經畫在地圖上了。』

『你也這麼覺得嗎？』我問。

『我才不這麼覺得，這世界上，永遠有地圖無法標示的地方，所以人類才要不斷探險。有時候走著走著，不知不覺走到一個地方，大家都說禁止進入，前方路況不明，可是你無可抗拒一定要往前進。

『前行之後，忽然發現裡面原來有一個美麗的天地，沒有任何人知道，好神秘、好難以言喻，只有你自己瞭解這個地方帶給你的幸福，這就是愛情，就是……我和Mark的關係。』

永遠有地圖無法標示的地方……

愛情是無法指揮的方向……

幸福是無須對人公開的密地……

強尼的話語，我的混沌，最後沉睡深深。

✽

隔天一大早，陽光毫不留情打在身上。

強尼睡在我身邊，金光閃閃的陽光下，強尼的頭髮微亂披垂在眉旁，英挺的輪廓，極好的皮膚，光線打在他的臉上，有著淡淡光輝。他沉睡的表情好純潔、好安詳，像是一個無邪的嬰兒，讓人很想輕輕咬一口。

我和強尼，竟然在同一張床上度過了一整夜，從星光到晨光，可是全身沒有脫光光。

真的有蓋棉被純聊天的朋友，雖然我不一定渴望這樣的朋友……

我望著他，大氣不敢吐，但他實在太可愛了，我忍不住用手逗逗他，輕輕掐了他的鼻子，強尼皺著眉頭醒過來，無辜望著我，伸了懶腰、翻了身，發出一陣騷動。

『噓！小聲點！』我趕忙提醒他，『我的房東Wednesday小姐規定不能帶男人過夜。』我補充。

不過我也不算犯規，得看這男人的定義是生理的還是心理的？是別人認知的還是自我認知的？

接下來兩天，我下班有空就繞去醫院探望陳媽媽，不過每次停留的時間都很短暫。直到星期天，有比較長的空閒時間，我中午吃過午飯就專程到醫院去了。

深秋，是最宜人的季節。陽光普照，但是並不炎熱；午後有風吹拂，但是並不覺寒冷。

陳媽媽今天精神很好，想要離開病房透透氣。

我牽著陳媽媽，走到醫院附設的小花園，能夠在慵懶的午後散散步、曬曬太陽，對健康有益。

此刻，我與陳媽媽正並肩坐在木頭長椅上。

不遠處，有一個中年人自己推著點滴，倚在造景假山的一隅發呆。

有一對年輕父母，推著輪椅，上面坐著一位打著石膏的小男孩，三人說說笑笑。

還有一對老公公、老婆婆坐在我們右前方木椅上，老婆婆穿著病人服裝，頭髮已經花白，在陽光下銀光閃閃，老公公在旁邊拿著梳子，為她溫柔又仔細地梳著髮。

我注意到，陳媽媽一直盯著這對老夫妻，她臉上的表情慈祥又柔和，好似緩緩走進自己回憶的歲月，陳媽媽似乎察覺我的注目，莞爾一笑，若有所思說著：『有個人相伴到老，很不容易。』

『陳媽媽妳在想念陳伯伯嗎？』

『欸……陳伯伯個性很固執，跟強尼完全不一樣。』過了一會，她又推翻她自己：『不對不對，他們父子兩個都很倔強、很固執，只是表達的方式不一樣。爸爸來硬的，兒子來悶的。強尼這個孩子喔，從小就是外表溫柔的小孩，長得清秀，又很愛漂亮，其實內心裡很有想法，很固執。』

從陳媽媽口中認識強尼，竟是我所不知道的，我以為強尼一向是瀟灑風趣、愛開玩笑。

說著說著，陳媽媽忽然認真看著我，目光深深地，微笑地說：『詠晴，謝謝妳。其實我早就知道了。』

『是啊！我們交往一陣子了。』我說。

『不是這件事。』不是？

『那陳媽媽的意思是？』我不懂。

陳媽媽和藹地笑了，『你們這群小孩還真可愛，我們老人家雖然不年輕，但是頭腦也沒那麼糟。』

陳媽媽越說我越糊塗了，『陳媽媽，對不起，我聽不太懂……』難道她發現我和強尼是演戲？

『我說謝謝妳，謝謝妳來看我，我知道妳和強尼根本沒有交往。』

原來陳媽媽早就識破我們的把戲，我的臉突然一陣羞紅，做錯事的愧疚感一湧而上，對老人家扯謊，總是不對的，儘管這是善意的謊言。

『陳媽媽，對不起，因為強尼很擔心妳，所以才拜託我……』

『強尼的事，我也都知道。』陳媽媽平靜地說。

我詫異又狐疑地望著陳媽媽，強尼的事？她都知道？她知道些什麼？

我完全不敢吭聲，深怕自己說錯話。

『我知道Mark並不是一般普通的朋友。』陳媽媽不帶情緒緩緩說著。

『呃……是啊，他們的感情比普通朋友好一點，的確不能算是普通朋友……』我試圖辯解。

陳媽媽氣定神閒地笑著，好似再度看透了我拙劣的謊言。

我一下子紅透了雙頰，愧疚地低下頭。

陳媽媽拍拍我，暗示我這一切不打緊！

她深深看著我，語重心長地說：『我安排他相親，以為他會忍不住對我坦承，結果他還是沒有！』

『妳真的希望他自己誠實告訴妳？』事已至此，我也別假裝了吧！

陳媽媽大力點頭，『當然啊！詠晴，如果連在我的面前，他都不敢誠實面對自己，以後他可能一輩子都無法自然地用這個身分在社會上生存。』

『妳不生氣？也不阻止？妳都接受嗎？』我太驚訝了！如果換做是我老媽，她肯定歇斯底里瘋掉了。

不過，陳媽媽卻是理性而體諒，她說：『強尼的人生是他自己的，做母親的我，可以給他性別，但不能給他幸福。大多數人覺得正確的道路，不見得就是適合他的道路。』

陳媽媽悠悠望向遠方，午後的陽光從樹梢篩落，亮晃晃浮動在她臉上，她瞇起眼，細細的皺紋深淺佈在眼角，她用追憶的口吻說道：『陳伯伯以前常帶我去爬山，每次爬山他都很堅持要看登山步道圖，一定要照著地圖走他才覺得安心。後來，他的身體漸漸不那麼硬朗，我們爬山的次數越來越少。我還記得最後一次爬山的時候，他不知道為什麼，選了一個下午的時間，平常我們都是清晨一大早出發的，那次他卻選了我們沒有試過的爬山時間，更反常的是，他還執意要去一條從來沒爬過、一點也不熟悉的山路，而且堅持不看地圖。』

『喔？為什麼？』

『我至今也想不透，那時候他跟強尼的關係很差，幾乎不講話了，我看他們父子這樣，很焦急，卻又無能為力。陳伯伯話很少，心裡有什麼事情也不跟我談，死腦筋一個……喔，我說偏了。』

陳媽媽嚥了嚥口水，繼續說：『那一天，我們上了山，走著走著眼前出現一條分岔的小山路，兩旁很多雜草，幾乎沒有人走過，陳伯伯慢慢走到那小山路口，回過頭，拉著我往前。我們沿著那條黃土小路往上爬，路不陡，但是路面崎嶇不平，真是折騰一把老骨頭。慢慢走，走了好像有十多分鐘那麼久，彎過一個危險的彎，竟然來到一個天然的石頭平台！

『站在平台上，望見底下好深，我心裡很害怕，倒是陳伯伯氣定神閒，他扶我在一旁坐下來，我們就這樣肩並肩坐在山邊。

『天色已經接近黃昏，往遠處看去，那個雲跟霧都分不清楚，晚霞映照在雲霧上，變成好多好多不同的顏色……我比較不會形容啦，反正就是很美麗、很漂亮的景色，我從來都沒有見過。』

我聽著，入了迷，彷彿自己也坐在那個傍晚的山邊，欣賞彩霞滿天。

『那真是地圖上沒有標示的地方，陳伯伯一輩子都是循規蹈矩、奉公守法的人，沒想到會在人生的最後有一點點小小的冒險，雖然只是走了一條地圖沒寫的山路，這對他已經是很大的突破。那個黃昏，他坐在我身邊，一句話也沒有說，只是緊緊地握著我的手，然後，過了好久，他突然感慨地開口：「這樣也滿好、滿好的。」我看著他，覺得我們家這個老頭子還是有溫柔的一面……』

陳媽媽說著，眼眶裡不禁泛起淡淡的水波，旋即她又平息下來。在我們右前方的老公公已經幫老婆婆的頭髮梳理完畢，現在老公公正偎坐在她身邊，拿出準備好的水壺，為老婆婆斟起一杯熱茶。

陳媽媽望著，轉過頭來對我說：『遇到一個知心的人陪伴，是很不容易的事情，應該要覺得開心，而不是覺得罪惡，然後遮遮掩掩。』陳媽媽頓了一會，又說：『沒關係，詠晴，請妳不要告訴強尼我已經知道了。』

『我不能說？』

陳媽媽用慎重的口吻交代我：『絕對不能！本來這是我的秘密，現在妳知道了，也變成妳的秘密。』

我的心一沉，要為別人保守秘密，是一件何等沉重的任務。

陳媽媽一臉堅定繼續說著：『我有耐性，我可以慢慢等，我要等到強尼有勇氣了，自己來告訴我，自己對我坦白。』

我愣了一下。

等？還要等到什麼時候？

這可不是耐性不耐性的問題，陳媽媽不知道自己的病情有多嚴重嗎？

還有多少時間可以這樣僵持不下？還有多少光陰可以這樣蹉跎空等？

『陳媽媽……』我欲言又止。

『怎麼啦？詠晴？』

縱然我有千萬個擔心，不過我什麼也不能說啊！陳媽媽的病情也是一個大秘密，是強尼特別交付給我的秘密！

秘密、秘密，該死的秘密，這個世界什麼時候開始充滿了秘密？

這些秘密原本都不關我的事，我卻意外失足掉到秘密的泥沼裡，現在快把我滅頂淹死了！

我鬱鬱沉沉地望著陳媽媽，最後只有訥訥吐出：『陳媽媽……不知道妳現在覺得身體好一點了嗎？』

陳媽媽反倒詫異地看著我：『我很好啊！』

完了完了，陳強尼果然還沒告訴陳媽媽她真正的病情！

我覺得心裡好難受，眼眶一下子潮紅了起來。

『詠晴，妳怎麼啦？怎麼要哭呢？』陳媽媽慌張地詢問我。

『我……我……』我說不出口，嗚嗚……我怎麼能開口告訴陳媽媽她的日子不多了？嗚嗚……

『是強尼欺負妳嗎？沒關係，陳媽媽等會教訓他……』

『不是啦，陳媽媽。』嗚嗚……鼻水流出來了，陳媽媽趕忙拿衛生紙給我擤鼻涕。

『不是強尼欺負妳，那是怎麼啦？告訴陳媽媽，沒關係，妳說……』

我支支吾吾好久，才抽抽噎噎說著：『我只是希望看見妳健康快樂……』

嗚嗚……陳媽媽愣了一下，然後恍然大悟，她的表情像洗三溫暖那樣從愣、到悟、到喜、到大笑出來，『哈哈，我知道妳在擔心什麼，哈哈！』

咦？我停止了哭泣，表情呆呆的，這是怎麼回事？

『詠晴，』陳媽媽喊了我一聲，『我的身體沒有怎樣啦！我……我只是……』陳媽媽的臉一下子羞紅了起來，頗不好意思地坦承：『我只是便秘啦！妳也知道，老人家，消化循環系統蠕動比較慢啦！太多天沒上廁所，一定很難受的嘛！』

是這樣的嗎？所以腹部那一大團不明陰影根本不是惡性腫瘤？

『我早就沒事了。』

『可是陳媽媽還在住院？』

『我多住兩天是順便做全身健康檢查啦！』

『是真的嗎？』我仍舊半信半疑。

『真的啦！我明天就要出院了！』

『那強尼知道嗎？』

『知道啊！一開始他誤會了，沒跟醫生問清楚，自己亂猜測，還以為我生了很嚴重的病啦！咦？他還沒告訴妳嗎？』陳媽媽反問我。

什麼！搞了半天原來真的是一場烏龍！

這個臭強尼……他真的完蛋了！以後什麼做牛做馬、當跟班、提背包大小鳥事，本小姐我可一點也不會客氣！

就在我一陣憤慨、情緒激昂的時候，好巧不巧瞥見強尼的身影從遠處走來。

我掄起拳頭，正準備衝上前去，海K他一頓，陳媽媽倒是拉住了我，將我按捺下來。

這才發現，強尼身邊還有一個人，那是走在強尼旁邊的Mark。Mark手裡拎著一籃水果，踏著愉快的步伐。強尼並肩在他身邊，笑得好甜蜜，還吹起了口哨呢！

強尼擁有一個不敢開口的秘密。

陳媽媽的秘密是知道了強尼的秘密。

我的秘密是知道了陳媽媽知道了強尼的秘密。

在這個美麗的星期天午後，不論是誰的秘密，全部清清楚楚攤在日光下，被和煦的陽光曬得溫溫暖暖。

唯一不是秘密的，就是愛啊！

如果不是因為愛而產生的體諒顧忌，哪裡會衍生出這麼多秘密呢？

我轉過頭，偷偷瞄了一眼和我一樣站在角落的陳媽媽。陳媽媽臉上漾起一抹釋然又欣慰的笑容。

一瞬間我明瞭，我這個偽戀人的戲碼，已經可以真正落幕了。

7

『砰！』好大一聲巨響！門一下子被打開了。

在這一聲巨響之前，我正敷著泥漿面膜，整張臉是深綠色的，像金凱瑞演的電影『摩登大聖』那樣。電視上說女人過了二十五歲就開始老化，保養要趁早！像我這等姿色平庸的女子，戒慎恐懼地謹遵教誨，如果保養品不能帶來一點神話想像，我要靠什麼活下去？（ＯＫ、ＯＫ！我知道這樣講太誇張了！不過你去看看百貨週年慶時蜂擁的女人，你就知道每個女人都需要美夢！）

『我相信我可以變美麗』，這就是保養品廣告給我們的美夢，雖然每個女人心底都清楚，沒有任何保養品可以回春，但是『我相信我可以』這種內心深處的渴望，還是驅使著我們大步往化妝品專櫃邁進，毫不猶豫掏出信用卡，抱回青春美麗的希望。

所以，綠色面膜算什麼？粉紅的、土黃的、漆黑的，五彩繽紛我都有，這陣子我一三五、二四六照表操課，那些知名模特兒不是都這樣說嗎？世上沒有醜女人，只有懶女人，我還得加把勁才行。

我二十九，面臨三十，有一種如臨大敵的恐慌，在慌什麼，我也不知道，也許是一種頓知青春將不再的憂愁。不知道是不是我多心，吃過了二十九歲的生日蛋糕後，我發現自己一熬夜就面色蠟黃，七早八早就想窩上床，一吃消夜馬上變胖，新陳代謝已經逐漸失常。

這就是老化的先兆！歲月果然是女人的天敵，偏偏我又不能磨刀霍霍地示威：『不要來喔！』、『不准來喔！』、『你敢來就給老娘試試看！』

難怪〈愛情觀測站〉的愛倫說：『二十歲的女人，忙著證明自己不是花瓶。三十歲的女人，忙著證明自己也可以是花瓶。』

女人怎麼那麼忙啊！內在外在都要兼顧，真是筋疲力竭的人生。

好，再回到剛剛那一聲驚天動地的巨響。

『砰』一聲，門被打開了，門外站的人是早已不青春的我的老媽。

『媽，妳嚇死人啦！這麼大聲！』

『我再也不要回去了！』老媽氣嘟嘟地衝進來。

來的不只是她，還有她雙手拎的兩大包、三小袋行李。

『怎麼啦？』頭疼，每次我媽一出場，總是讓我頭疼。

『我離家出走！』

『離家出走？妳從妳家，跑來我家？』

『對！』

『為什麼？』

『還不都是妳爸！』唉，一定是吵架了。頭疼……

『妳為什麼要跟爸吵架？』

『妳這句話大有問題喔！』

『什麼問題？』

『什麼叫做「我」跟妳爸吵架？應該是問「妳爸」幹嘛要跟我吵架！』

『爸脾氣那麼好，如果妳沒惹他，他才不會跟妳生氣！』頭疼……

『是嗎？妳沒搞清楚狀況吧！都不生氣就是脾氣好嗎？』老媽的聲音尖銳了起來。

我閉上眼睛，不想讓激烈的臉部表情導致面膜皸裂，造成不可挽救的皺紋。

老媽氣呼呼撂下一句狠話：『我告訴妳，這次就算妳爸找玉皇大帝來求我，我也不回去！』玉皇大帝？唉，頭疼……

後來我才知道，他們吵架的前因後果是這樣的：

話說我家附近有許多的流浪貓徘徊不去，老媽覺得牠們很可憐，所以總是採買大包的貓飼料餵養牠們，不知道從什麼時候開始，每天晚上她最快樂的時光就是到大街小巷去巡視她的貓子貓孫。

老媽和流浪貓的情感讓我覺得頗不可思議，這些平日怕生的貓咪，看見老媽出現，反倒一點也不躲藏。老媽對牠們也是瞭若指掌，尤其是有一家黑貓，從阿嬤到媽媽到女兒全都長得黑漆漆，外表上，完全分不出有什麼差異，老媽竟然可以指著三隻長得一模一樣的黑貓告訴我：『這隻是媽媽，前幾天被隔壁那隻狼狗追得哇哇叫；這隻是女兒，本來失蹤了一陣子，後來又回來了……』厲害吧！

老媽一直覺得她自己是古道熱腸、默默行善，幫助左鄰右舍一同愛護流浪貓，不過最近這狀況似乎有點不妙。

『妳不要再去餵貓了。』吵架那天，老媽拎著貓飼料正準備出巡，老爸卻不識相地潑她冷水。

『為什麼？』

『鄰居在抱怨最近流浪貓的數量越來越多。』

『沒有越來越多啊！這個問題問我最清楚。』

『好好好，沒有越來越多，可是最近晚上貓打架的情形比以前嚴重，大呼小叫，吵得左鄰右舍都睡不好，這問題一定要解決。』

『要解決叫政府來解決。』

『唉……要是政府有能力解決，還輪得到妳去餵貓嗎？何況，人家鄰居不會先想到那麼遠的解決方式，會先想到因為妳到處餵貓，讓流浪貓一直徘徊不走。本來妳是出於好心，可是越餵問題越多，變成環境問題，那就不好了。』

『那你的意思是叫我都不要管牠們嗎？』老媽反問。

『我不是這個意思。』

『所以就是要牠們自生自滅？』老媽顯然聽不進爸在說些什麼。

『不是，我們可以帶貓咪去結紮，讓牠們慢慢地自然淘汰……』爸辯解。

『我們也帶了很多隻貓咪去結紮啦，結紮完的貓咪也是要活啊，要活就要有人養啊，現在沒人養當然要有人去餵啊！』老媽馬上反駁。

爸皺起眉頭，『但是妳一直去餵，牠們習慣這裡有東西吃，就會一直賴在這附近不肯離開……』

『所以你覺得只要牠們沒東西吃，跑到別的地方去，我們就眼不見為淨囉？』老媽冷冷瞪著老爸。

『我不是這個意思，只是牠們一直留在這裡，就會造成噪音和污染……』

『所以只要看不見，牠們的死活就不關我們的事囉？』老媽用譏諷的語氣說。

發展至此，再笨的人都可以察覺苗頭不對。

老爸顯然慌了，開始胡言亂語：『我只是說，不能因為妳一個人的婦人之仁……造成大家不方便嘛！』

『我？我婦人之仁？』老媽嗓音拉高八度，被激怒地說：『你是說，是「我」造成大家不方便？』完了，老爸已經陷入了萬劫不復之地。

『不是不是……我不是那個意思……』別再解釋了，可憐的老爸，女兒為你灑下兩滴同情淚。

『我是你老婆，你還幫外人教訓我！』老媽覺得委屈了，眼淚當場飆出來。

『不是不是……我不是那個意思……』

『我去餵貓，救那麼多生命，還不是在為你們「徐家」積功德，對我有什麼好處，嗚……』

『詠晴的媽，不要這樣，我知道，我沒有在怪妳……』

老媽一把鼻涕一把眼淚，激動地說：『我告訴你，我最‧討‧厭你這種息事寧人的態度！沒有一點擔當！』

說完，老媽『砰』一聲把自己關進房門。

過了一會，她拎著行李出來，惡狠狠地撂下一句狠話：『你竟然這樣欺負我，我走了你就不要後悔！』

老媽最擅長的就是撂狠話，爸惹到媽，我想他早就後悔了。

接著，『砰』一聲巨響，我媽離家出走，到台北我的住所，『砰』我的門。

當天晚上，我撥電話給老爸。

『爸。』

『嗯？』

『媽在我這裡。』

『我知道。』

『這一次，她好像真的很生氣。』

『唉。』我爸嘆了一口氣。

『怎麼辦？』

『沒關係，她就是那個辣椒脾氣。』

辣椒脾氣是我爸專門用來形容我媽的。

當年，喔！當年。當年的我媽是住在金門的俏姑娘，當年住在金門的居民，因為戰略位置重要敏感，所以不論男女都要經過荷槍實彈的練習，老媽可是保家衛國的自衛隊成員呢！M1步槍、卡賓槍，全都難不倒她！

當年的我媽，妖嬌美麗，她的黑白沙龍照片被放大裱框，放在金城鎮最大的照相館櫥窗裡，當作鎮店之寶，不知道迷煞多少經過的阿兵哥。聽說追她的人足以堆疊成人橋，連接金門通往台灣。

當年的我媽，嘴巴銳利、脾氣火爆、個性剽悍，不過阿兵哥都愛跟她抬槓，受她伶牙俐齒的奚落（也許當兵日子真的很無聊，沒事討罵也開心）。當年我媽在山外的僑聲戲院當入場收票的小姐，聽說有阿兵哥慕名前來，一部電影連看七天，天天被罵天天去，被罵得臭頭，也絕不投降（果然有戰地男兒越挫越勇的精神）。

我媽，從此人稱金門小辣椒。

辣椒脾氣就是這樣來的。

老爸在電話裡的語氣平靜中帶點落寞，我以為老媽氣頭過去後應該也會感到不安。

可惜，並‧沒‧有！

一個星期過去了，老媽每天七早八早出門，而且打扮得花枝招展，把我的化妝品五顏六色塗在臉上。

今天下班，看見她買了一堆花花綠綠的衣服攤在我床上。

『媽，妳怎麼買這麼多新衣服？』

『菜市場跳樓大拍賣啊，一件一百，買五件還送一件。』

『那妳就買了……十件！還送兩件，就是十二件？妳突然要這麼多衣服幹嘛？』

『我早上去河濱公園跳土風舞，大家都穿得很漂亮。』

『妳每天早上花枝招展出門就是去跳土風舞？』我懷疑地問。

『妳沒聽過女人五十一枝花？』她回我。

我實在不放心，五十歲的中年胖胖歐巴桑突然開始搽口紅、塗眼影，七早八早去公園跳舞，到底是健康舞還是交際舞啊！難不成老媽成了一朵舞池交際花？

隔天，我鬼鬼祟祟跟蹤我媽到河濱公園，赫然看見一個酷斃了的老帥哥對著我媽摟摟抱抱！

『媽！他是誰啊？』

『我們的土風舞老師。』

土風舞老師五十來歲，梳著好似六〇年代影星的光亮油頭，穿著一件雪紡紗的花襯衫，時髦濃豔的花色將他襯托得好年輕。他手上垂掛著一只大金錶，在晨曦陽光下閃閃發光，俗擱有力！

土風舞老師在婆婆媽媽間談笑風生，每個粉塗得老厚的大嬸、大娘被他搞得服服貼貼，大家笑得花枝亂顫，連皺紋都在陽光下快樂抖動。

這位酷斃了的老帥哥隨著音樂瀟灑起舞，扭腰擺臀架式十足，我不得不承認，老帥哥年紀雖然大了點，不過那個俏屁股扭起來倒還挺夠力，一點不輸給年輕人的電臀，國外不是有個拉丁歌手電臀王瑞奇・馬汀嗎？你想像一下瑞奇・馬汀老了的模樣，這位土風舞老師大概相去不遠。

『妳是我女兒，我才告訴妳喔！』

回家後，老媽神秘兮兮地拉著我，搞得我也緊張兮兮。

『告訴我什麼？』

『他不光只是我的土風舞老師……』

『那他還是什麼？』我問。

『他是……』老媽欲言又止。

『是什麼啊？』

『我的初戀情人。』老媽誠實回答。

『什麼！』我大叫。

老媽臉上飛快閃過一陣羞紅，『我到現在還留著當年他送給我的定情之物。』

『怎麼會這樣？』

『當年，他到金門當兵。』

『當年不是老爸到金門當兵嗎？』

『奇怪，到金門當兵的人那麼多，妳以為只有妳爸追過我啊？妳太小看妳媽的魅力了吧！』

『所以？』

『他在照相館櫥窗看到我的美麗沙龍照片，然後就跑進照相館去打聽我的資料，知道我在僑聲戲院收票，就跑到電影院來找我，同一部電影天天買票進來看，然後他還深情款款說，一張電影票被我撕成兩半，正好他一半、我一半，永遠不會散。』

什麼！原來老帥哥在小帥哥的時候就已經是個油腔滑調的臭痞子！

『媽！他天天去，妳就被追走囉？』

『我看他挺有心的嘛！』

『所以他就是傳說中連被罵了七天還繼續來看電影的那位勇士？』

『嗯！』我媽點點頭，喜上眉梢地說：『後來我乾脆開戲院的後門讓他偷偷溜進去看電影……』

『媽！妳竟然年紀輕輕就開始暗中進行走後門的勾當！』

我媽才不理會我在一旁大呼小叫，她沉浸在過往美麗的回憶裡，『想不到老天爺竟然安排我們再度相見呢！真是太有緣了……太有緣了……他還是跟當年一樣幽默風趣呢！』

『你們在一起，後來呢？』

『後來？後來他退伍回台灣，我們就沒什麼聯絡了……唉喲，妳也知道這種風流公子，油腔滑調的……一點也不可靠！』我媽嘴裡是在批評他，不過整張臉卻笑得好嬌媚，甜蜜得不得了。

『那位老師哥結婚了嗎？』我試探地問。

『結婚啦，不過很多年前就離婚了，現在他一個人可風流快活呢！……這個年紀還能擁有自由真好！像是重新找到新的人生一樣……』老媽說著，愉快地哼起了鄧麗君的老歌：『難忘的初戀情人』。

我是星你是雲　總是兩離分
希望你告訴我　初戀的情人
你我各分東西　這是誰的責任

我對你永難忘　我對你情意真

直到海枯石爛

難忘的初戀情人

老媽唱得好陶醉，眼神嫵媚了起來。

我背脊一陣發涼，一股不祥的預感湧上心頭，老媽該不會……談戀愛了吧？不不不！不會的，不會的。

『媽！妳……會懷念初戀的時光嗎？』我不安問著。

『為什麼不？』我媽給了我一個費猜疑的眼神，轉個身自顧自往廚房走去，大屁股搖曳生姿，裙襬綻放朵朵春花。

這天在公司，我鎮日心神不寧，憂煩難耐，這是第一次我身邊有人墜入情網，而我一點也不開心！

我完全無心工作，瞪爺交代我要做一個『溫馨家庭派對，請你跟我這樣辦！』的專題企畫，我一想到就火大，我都快家破人亡了，還寫什麼溫馨家庭派對啊？

我掛在網路上晃啊晃，在Google鍵入『初戀』兩字，沒想到竟然可以列出兩千五百萬筆資料！兩千五百萬耶！

初戀啊，初戀，我實在太困惑了。Yahoo網站說，『問大家，不如找知識+』所以我索性也在Yahoo的知識+搜尋『初戀』兩個字，關於初戀衍生出來的問題，竟然也有一萬九千多筆！

每個人對於初戀的煩惱多到五花八門，看得我眼花繚亂。

例如：

『為什麼我就是忘不了我的初戀？』

『初戀已經結束五年了，我還忘不了他，誰來救救我？』

『忘不了初戀情人的丈夫，如今出現與他初戀情人相似的女人，我該怎麼辦？』

『面臨初戀情人與現任情人的掙扎，該如何抉擇？』

『各位幫幫忙！如果男友拿妳跟初戀情人比較，妳會怎樣？』

『為什麼我的女朋友總是很在意我和初戀女友的種種事情呢？』

『我後來每個女朋友身上都逃不掉初戀情人的影子，我該怎麼辦？』

不管男人或女人，對於自己的初戀情人總是帶詩意，對於另一半的初戀情人總是帶著敵意。

而且，關於初戀的煩惱，竟然被歸類在『醫療保健』的類目下，原來初戀真的是一種不明原因的奇怪熱病，每個人一輩子注定會得病一次，一旦罹患，終生無可痊癒，這輩子注定完蛋，從此不定期發病，每次發病病情輕重不一，輕則暗自神傷，重責波及旁人。

我心中的愛情女神愛倫在〈愛情觀測站〉專欄裡寫著：『初戀不一定是最愛，不過一定最難忘。初戀啊！初戀！懵懂的、微酸的、糊塗的、心痛的、天殺的、搞不清楚狀況的……』

網路上的疑難雜症特別多，原來每個人都有初戀病。

我看見了兩個故事，有一個網友暱稱『只是當時已惘然』。

她寫著，當年她在讀新竹東門國小的時候，有一個很喜歡的男孩子，從幼稚園的時候她就已經認識他了，國小繼續同一個小學，這個女生喜歡那個男生從國小一年級到六年級，整整喜歡了他六年（還不加上幼稚園的時間）！國小畢業，大家各奔前程，失去聯絡，九二一地震的時候，甚至把國小的畢業紀念冊都弄丟了。『想找我的、不想找我的，通通消失不見。我想找的、我不想找的，通通聯絡不上！』她沮喪地寫著，而這些年來，她記得他的名字（張榮國，和香港影星張國榮顛倒）。

她記得他的生日（四月一日愚人節）。

她記得他當年的模樣（黑黑瘦瘦，百米健將，長得像一隻小猴子）。

她記得他當時的身高（一百五十公分，比當年的她矮一點）。她記得他畢業前住在哪裡（新竹城隍廟附近的小巷弄裡面）。

她甚至記得他用來裝便當的袋子（正方形，上面印有小叮噹的圖案）。『只是當時已惘然』心中一直有個遺憾，『當年我應該告訴他我喜歡他！』即使過了這麼多年，經過國中、高中、大學、就業，即使她現在身邊已經有了很好的男友，但是她還是很想念他，經過了這麼多年，她才發現心中最愛的人就是他！（小學時候的暗戀，真的很虛幻耶！那能算是愛嗎？）

然後有一個綽號『同是天涯斷腸人』的網友，回了『只是當時已惘然』一個悽慘的故事。大意是他高中時候初戀喜歡一個女孩，但遲遲提不起勇氣向她告白，多年後，他當兵回來，依然對她念念不忘，於是『同是天涯斷腸人』輾轉從BBS版上打聽她的消息，最後是那個女孩的同班同學回覆他，告訴他，女孩早在一年前車禍過世了。

於是，在幾天後的清明節，他終於見到朝思暮想的初戀情人，不過已經是骨灰罈上的照片，徒留無限惆悵！

『同是天涯斷腸人』鼓勵『只是當時已惘然』：『如果妳到現在還是很想念他，一定要想辦法告訴他，才不會讓遺憾一直是遺憾。』

我看得入迷，也不知道這些故事是真是假，初戀一定都這麼淒美嗎？看看電影故事裡的男女主角不是生離就是死別，活下來的那一個，永遠只記得對方的青春容顏，永不老去。就算沒死的，也變成心中一則純淨美好的神話。

是我們心中的遺憾美化了這一切嗎？

不過，也不盡然所有的初戀故事都像電影一樣浪漫不真實，如果換了一個角度，談的是另一半的初戀情人，可就沒那麼甜蜜了。

第二個故事是一個暱稱『晴天霹靂』的網友。

晴天霹靂說，她和這個男友交往了半年，不過，有一天男友竟然對她說：『對不起，我忘不了我的初戀情人，我決定跟她再續前緣，我們分手吧！』

『晴天霹靂』簡直不能接受這個青天霹靂，她寫著：『我哭啊哭啊，哭到眼睛都快瞎了，完全不能接受這個事實，於是我想到兩個解決方式，一個是我去自殺，一了百了，讓他後悔！一個是我出車禍，喪失記憶，忘記這種痛苦！』

馬上有另一位網友『冷眼旁觀』冷靜而理智的回覆『晴天霹靂』。

『當初妳男友與妳交往，可能是想藉由妳來忘掉他的初戀情人。但是半年後他發現自己做不到，只有放棄了妳，重回初戀情人身邊，妳就認命接受吧！妳也不想一直做初戀情人的替代品吧！

『如果妳自殺，妳男友不但不會後悔，甚至可能會帶著那個初戀情人來到妳墳前對妳說：「既然我已經對不起妳了，所以從今以後我要對她更好！」那時候妳恐怕會氣得從墳墓裡跳出來！

『如果妳撞車失去記憶，那麼妳男友就會大鬆一口氣，幸好妳把他的負心罪狀忘得一乾二淨，從此他可以大搖大擺摟著初戀情人愛得死去活來！妳失去了所有記憶的慘痛代價，竟然是換來負心漢的快樂逍遙，這到底有什麼意義？妳自己想想清楚吧！』

我不知道『晴天霹靂』看到這個回應會有什麼反應？初戀情人真是每個人心中永遠的美與痛。

每個人講到初戀，都有一脫拉庫的話要說，七嘴八舌、喋喋不休。可是為什麼沒有人想到，初戀情人到了四、五十歲，那些啤酒肚、大屁股、蝴蝶袖、魚尾紋？初戀情人還會如同記憶中一般美好嗎？

如果一個人一生注定會跟初戀情人再度相遇，我們希望看見什麼樣的對方呢？

如果初戀情人看起來很好，我們雖然為他開心，但是心裡可能隱隱地難以接受，他離開我們後，竟然從此飛黃騰達、扶搖直上。

如果初戀情人看起來很糟，我們大概也不想承認，自己曾經是這樣的品味，當年怎麼會看上這樣的人呢？

好跟不好都為難，心裡都有百轉千迴、五味雜陳的情緒。

不知道有沒有人是中年之後再相遇，還能再度迸發出火花的呢？像我媽這樣……

話又說回來，對方希望看見什麼樣的我們呢？

我還在茫茫網海裡胡思亂想，螢幕上突然彈跳出阿達的訊息。

達達馬蹄：天氣晴小姐，請問妳跟妳今天遇到的第一個男人談戀愛了嗎？

又來了！這種問題被多問幾次，就會莫名動氣！

今天天氣晴：是，我戀愛了，跟我今天走在路上遇見的第一個異性戀愛了。他送我一顆粉紅色的愛心氣球，遠遠衝過來給我一個擁抱，並且在我臉頰上深深一吻。

是真的，今天早上我在河濱公園邂逅一個可愛小男孩，他臉上掛著鼻涕，跟著他媽媽在公園玩耍，他把手中的氣球送給我，熱熱烈烈愛了我一場，於是我們短暫熱戀了五分鐘。

今天天氣晴：阿達，別鬧了，我媽跑上來台北找我，我現在焦頭爛額。

達達馬蹄：是可愛的伯母嗎？
今天天氣晴：不是可愛，是可惡！我媽又欺負我爸了。
達達馬蹄：喔？
今天天氣晴：而且現在狀況不太妙，我覺得我爸的地位岌岌可危。
達達馬蹄：為什麼？
今天天氣晴：我媽好像……談戀愛了……

說得我自己都覺得不好意思。

達達馬蹄：妳是說令堂以五十歲高齡談戀愛嗎？
今天天氣晴：怎樣？我媽老了還是很有味道的！雖然屁股大了點！
達達馬蹄：幸運兒是？
今天天氣晴：對方是一個酷斃了的老帥哥。
達達馬蹄：喔……

打字溝通實在太慢了，我拿起手機打給阿達，劈頭就說：『我覺得我爸好可憐，被我媽欺負了一輩子，現在我媽竟然另結新歡，不對，也不算新歡，這個老帥哥是我媽以前的初戀情人，現在離了婚，年紀一大把，不過說實話，他的確看起來比我爸瀟灑一點、幽默一點、風趣一點……完蛋了，怎麼辦？我爸完蛋了！』

『妳擔心伯父嗎？』

『嗯，很擔心。』

阿達在電話那頭思考了一會，說：『如果妳願意，今天星期五，我可以早點下班開車送妳回去。』

『真的？送我回台中？』

『妳回家，陪陪伯父，明天我們再開車回來，反正我台中也有朋友，我可以去找他們。』

『真的？』

阿達實在太好了！

一路風塵僕僕開回台中，阿達送我到家門口，他去會見他的朋友。我打開門，家裡好安靜。

『爸，爸！』我一路喊著。

跑到房間，老爸不在。

再跑到書房，書房也空空如也。

書房的木頭地板上，散落著一地拼圖。

老爸這兩年迷上拼圖，從三百片拼圖開始，越拼越多，最近他正著手進行一幅一千五百片的拼圖，我曾經承諾老爸，等他拼完這幅一千五百片的，我會送他一幅兩千片的拼圖。

說實在，這一地不規則圖片，看得我頭都昏了！簡直不能相信這些亂七八糟毫無頭緒的紙塊可以拼湊出美麗的圖案。

找不到老爸，我轉進我房間，呆呆坐在床上。老媽離家出走，老爸也不見了，這是什麼詭異的狀況？好端端的幹嘛冒出什麼初戀情人嘛！

我彎下腰，去床底翻出我高中時候的秘密寶盒。

我將秘密寶盒打開來，裡面有一封一封情書疊得整整齊齊，每一封都是成套的信封信紙，散發淡淡香水味，那是高中時代我曾經寫給吉他學長的情書。是我初戀的心情，只是我沒有一封寄出去，最後全部鎖在這個秘密寶盒裡。

寶盒旁邊，擺放著一個大玻璃罐，玻璃罐裡面滿滿的是一顆顆紙星星。

那時候，女生間最風靡摺星星這種蠢事，文具店裡面輕易可買到切割成一條一條整齊長條狀的紙條，一摺、兩摺、三摺，就可以變成一顆五角星星。

我一天摺一顆愛的星星，每摺一顆就許一個願望：『拜託拜託老天爺，請讓他注意到我。』、『拜託拜託老天爺，可不可以讓他喜歡上我？』

拜託拜託！

拜託拜託！

我把所有的星星放進一個大玻璃罐裡面，用軟木塞蓋子合緊，原本打算在歌唱比賽當天送給學長表白的……

不過，唉……

厚厚一疊的情書下面，壓著一卷卡式錄音帶，錄音帶盒內側夾一張卡紙，陳舊泛黃，原子筆字跡已經模糊，不過還可依稀辨認上面寫著：『最真摯的一首歌，來自吉他社小學妹 徐詠晴。』

什麼叫做最真摯的一首歌呢？其實就是我的告白歌啦！整卷錄音帶裡面只有一首英文老歌：Nothing's gonna change my love for you。

這是我高中時代學習的第一首英文歌，那時候葛倫‧麥德羅紅翻了天，我就準備在歌唱比賽那天唱這首歌。如果不是因為才子學長，我才不會參加歌唱比賽，我只是要在眾人面前把這首歌送給才子學長。

我那麼真誠地想要表達我的愛意，只可惜……

我永遠難以忘懷那一日。

那天，我戰戰兢兢踏上舞台，眼睛直盯著台下當評審的才子學長。

學長的性格長髮披垂在額前，露出六顆潔白牙齒的笑容風采迷人。當他和我四目交接的時候，彷彿有一道電流透過空氣，氣力萬鈞地傳送過來，直竄我的全身！

天啊！天啊！才子學長第一次專注地看著我，我簡直沒有能力承受這樣的目光。

舞台上的投射燈，變成了喪失記憶燈，我被燈光閃照了一下，該唱什麼歌，忘得一乾二淨。馬上我發現，我的靈魂已經被才子學長的笑容擄獲，我的腦袋不屬於我、我的喉嚨不屬於我，我全身的器官沒有一處屬於我。

當然，我拿著麥克風的手也不屬於我，『砰』一聲，麥克風直咚咚垂掉到地上，砸到我的腳，我驚叫一聲，彈跳起來，台下觀眾發出一陣低低的驚呼輕笑，我趕緊把麥克風撿起來，整張臉不由得一陣紅熱。

全身僵硬地站在台上，不知所措。

我的義務吉他伴奏（就是張阿達）撥出一陣弦音，暗示我差不多可以開唱。我對他點點頭，他為我奏出第一個音，不過我的嗓子竟然發不出聲！真的，有人奪走了我的聲音，我一點聲音也沒有！我變成童話故事裡面的失聲的小美人魚！我的王子就在眼前，可是我沒辦法開口獻唱愛的歌曲給他！

天啊！發生了什麼事！

觀眾的大眼睛，充滿好奇與不解，一隻一隻黑白分明的大眼球開始慢慢飄浮起來，在半空中飄蕩，充斥在我身邊，骨碌碌轉動，賊賊地張望。

然後，台下一張張紅紅的嘴巴也浮起來了，上嘴唇與下嘴唇不斷開合，好多好多嘴巴在我四周吵鬧催促著：

『妳在幹嘛？』

『妳好奇怪！』

『妳是啞巴嗎？』

『快唱啊！』

『幹嘛不唱？』

『唱啊！唱啊！快唱啊！』

好多好多的眼球與嘴唇推擠在我身邊。

好多好多！

好多好多！

滿滿將我包圍，不斷滋生。

我的額頭開始冒汗，手輕微發抖著。

救我！才子學長救我！

我無助地望著他，不過，眼前的才子學長並沒有回應我內心的吶喊。

倒是從我的右後方，傳來一聲沉穩的呼喚，『詠晴？』

我回頭，是伴奏阿達。

『妳還好嗎？』他關心地詢問。

『嗯。』我虛弱地點點頭。

『加油！』他說，給了我一個鼓勵的笑容。

然後他再度撥起吉他，為我的歌曲伴奏。

我忽然可以唱了！不過，一開口就走音了，只是我不知道。

Nothing's gonna change my love for you,

you ought to know by now how much I love you…

The world may change my whole life through

but nothing gonna change my love for you…

整首歌我都是用和伴奏不同的Key演唱，而且五音不全，唱完後現場鴉雀無聲，一片死寂。

我握著麥克風的手開始隱隱顫抖，為什麼沒有人給我掌聲？

為什麼沒有人為我歡呼？

我真的……唱得……很差……嗎？

台下的觀眾，表情有同情、有愕然、有輕蔑……

我的臉，再度脹紅了起來，灼熱不堪……

隔了很久，終於有人爆出第一個掌聲，然後大家開始瘋狂的鼓掌與狂笑……我分不清楚，那些鼓譟的聲響，究竟是讚美還是嘲弄？

我又出糗了……

〈愛情觀測站〉專欄裡，愛倫為初戀下了結論：『初戀總是美好的，因為在還來不及發生不美好的事情之前，它就已經結束了。』

是嗎？我的初戀卻是發生了不美好的事情，然後還沒開始就結束了。

摸著卡式錄音帶，整個人深陷在那場音樂比賽的回憶，歷歷在目。

記憶中阿達的面容漸漸清晰了起來，當年為什麼我沒有注意到他呢？

原來在那麼多年前，老天爺已經安排阿達走進我的生命，我竟渾然無覺？老天爺啊老天爺，當年你怎麼不給我一點暗示呢？

忽然，我聽到有人扭開大門的聲音，我趕緊跑出去，是爸！

『爸！你回來了！』

『詠晴？妳怎麼突然跑回家？』爸又驚又喜。

『爸，都晚上十一點多了，你去哪裡啊？』

『我……我……』

我望著老爸，他一隻手上拎著塑膠盆，另一隻手上拎著貓飼料，這些東西，本來都是老媽在餵流浪貓的工具。

爸拿著這些東西做什麼？

難不成……『爸，你幫媽……去餵貓？』我驚訝地問。

『嗯。』爸爸訕然地點點頭。

『你們不是為了餵貓的事情吵架嗎？我以為你反對媽去養這些流浪貓？』

『唉喲，我沒反對啦！我只是想跟妳媽討論一下，誰知道她反應那麼激烈。』

『所以？』

『所以妳媽不在，我當然要接替妳媽的工作嘛！不然貓咪肚子餓了怎麼辦？』

我好感動，我替我媽好感動！竟然擁有這麼好的老公！

爸，你真的很讚耶！

不過，老爸在這樣冷清的夜晚孤零零為老媽去餵貓，我老媽卻把我爸拋到九霄雲外，為著初戀情人心花怒放，我不免為老爸叫屈。

『爸，你有初戀情人嗎？』我問著。

『初戀情人？』老爸抬起頭，臉上表情懷春地回我：『當然有啊！』

『那是什麼時候的事情？』我追問。

『嗯……』老爸支支吾吾了一下：『在我去金門當兵之前。』

『所以你在金門當兵的時候是有女朋友的？那你怎麼還可以追求媽？』我鍥而不捨繼續問。

『唉，』我爸嘆口氣，搔搔頭，『說是女朋友，其實我也不是很確定……她從來沒有說過喜歡我。』

『她沒說過？那你怎麼知道她喜歡你。』

爸看了我三秒，好像我根本不該這樣問，他轉成有點賴皮的表情：『反正我就是知道嘛！』

『好好好，既然你們彼此喜歡，那為什麼後來就結束了？』我還是不明白。

『唔……』老爸沉思了一會，『她爸爸反對我們交往。』

『為什麼？』

『因為我比較窮嘛！她爸爸是大學教授，家世很好，家教也很嚴，後來她爸爸幫她介紹了別的教授的小孩。』

『可是，』我歪著頭看著老爸，『如果她愛你，為什麼不反抗？』

『唉……她是很乖巧柔順的女孩……』我爸頓了一會，又說：『我們那個年代跟你們不一樣啦！』

『所以你們就這樣結束了？』

『後來我就去當兵啦，當兵前，最後一次見面，她把長辮子剪了，我看了嚇了一跳，她一向最愛惜那兩條長辮子，我也很喜歡長髮的她……』

『啊，好可惜喔！為什麼要剪？』

『我沒有問她原因，她只是把其中一條長辮子送給我，另一條她留著，說是一人留一半，感情不會散……』

哇！好感動，這個女生當年一定非常喜歡老爸！只是她的情感表達好含蓄、好內斂。

『爸！你這個笨蛋！她是為了你才特別把頭髮剪了！她要把身上唯一能留給你的信物留給你！』

『啊？是嗎？』

『爸！你是真傻還是假傻啊！』我打量著我爸，頗不可思議。

『唉呀！那麼多年了……』

『好，爸，』我慎重地問，『如果有機會讓你再遇到你的初戀情人，你會再跟她戀愛嗎？』

老爸噗哧一聲笑了出來，『妳想有可能嗎？』

『這世界上有什麼不可能的事？』我脹紅著臉說，可一點也不敢洩漏那位土風舞老帥哥。

『光妳媽一個人我就搞不定了，我哪還有力氣去搞定另一個女人！』過了一會，老爸想了想，又說：『不過小碧跟妳媽真是兩種不同的女人。』

『初戀情人叫小碧？』

『嗯！芳草碧連天的碧。』老爸一個字一個字認真說著，好像當年小碧對他初次自我介紹那樣。

然後我們兩人陷入一陣沉默，爸跌進了悠悠歲月裡。他說：『當兵後沒多久，我就聽說小碧結婚了，真的嫁給她爸爸介紹的男生。』

『爸，你很難過嗎？』我同情地望著老爸。

老爸鬱鬱地，沒有回答我，倒是想起了什麼事情，說：『小碧婚後，寫了一封信給我，問我好不好，結果這封信被妳媽看到……』

『咦？那時候你跟媽開始交往了嗎？』

『嗯，妳媽是金門小辣椒，又漂亮又火辣，好多人追，我根本不敢接近她，可是妳媽對我特別好，軍服破了還幫我縫……』原來是媽主動追爸，不過我一點也不意外。

『信被看到以後呢？』

『妳媽可吃醋了，寫了一封信直接寄到台灣給小碧，叫她死心，知難而退。』

『媽怎麼可以這麼霸道？』我不由得替小碧叫屈了起來！

『欸，妳媽就是辣椒脾氣嘛！』

『辣椒脾氣就是壞脾氣啊！』

『妳媽只是心直口快。』老爸還幫媽辯解。

『爸，你到底愛媽什麼？』

老爸沉思了一會，說：『我記得第一次帶妳媽到台灣，她好興奮，金門沒有火車，所以她從來沒有坐過，我特別帶她搭自強號，從台北車站坐到台中車站，她在火車上一路吱吱喳喳，開心得像個小女孩要去郊遊一樣。』

『所以你愛的是老媽坐火車的樣子啊？』這是什麼答案啊？

『應該說，我喜歡看見妳媽開心的樣子。』老爸緩緩地回答，表情認真而溫柔，『只要看見她開心，我就覺得很幸福。』

不知道是不是我的錯覺，就在這個時候，有一道月光，柔柔地從窗外斜射進來，輕輕灑落在爸的身上，坐在木質地板上的老爸，戴著眼鏡、頭髮花白，銀霧一般的月光將他臉烘托得好慈祥、好溫暖，屬於愛的光芒，熠熠生輝。

這是我最平凡，卻最偉大的老爸！

這是我老媽身邊沒有功成名就、不是酷斃了的老帥哥，但是卻深遠平實的老伴！

當天夜裡，我躺在床上，翻來覆去睡不著，什麼時候我可以遇見像我爸這樣的男人？

會有一個男人只要看見我開心的樣子，他就會覺得很幸福嗎？

如果這樣的男人出現了，就算有別人跟我競爭，我也一定會勇敢大聲說：『你是我的，別的女生請靠邊閃！』

唉，關於這一點，我可得多向老媽學習。

迎向挑戰、擊敗對手，我媽真的比我有氣魄多了！金門小辣椒果然不是好惹的！

為什麼生為金門小辣椒的女兒，我完全沒有遺傳到這股銳不可當的氣勢呢？

我從床上跳起來，再度翻出那卷當年要給才子學長的錄音帶，心中有一股飽滿的情緒，如果當年，我真的把那一大罐星星和錄音帶都送給學長，如果我直接走到他面前表白，也許我的初戀故事就會不一樣！

不管是被不自量力的嘲笑，還是被歡天喜地的接受，至少我可以知道結局是什麼，是悲或是喜，該大笑或大哭，而不是至今都不知道該用什麼情緒去追憶。

我對自己說：徐詠晴，妳再也不要扭扭捏捏、糾糾結結，明天就去找張正達問清楚，管他有女朋友還是沒有女朋友，去告訴他，妳想親近他、認識他、瞭解他，不要像風像霧又像雲，對妳總是若即若離！

去問他，對妳到底是什麼情愫？有沒有一點點、一絲絲的感覺？

對！就去問，明天就問！這一次絕對不逃避！

這樣一想，我整個人激動了起來，心情久久無法平撫，興奮又緊張地整夜睡不著！

隔天一早坐進阿達的車，原本我們可以在台中逛逛玩玩，但是我擔心老媽，還是想早點回台北。在一路歸途中，我不斷鼓勵自己，加油！徐詠晴！加油！想問什麼，想說什麼，就趁現在！妳可是金門小辣椒的女兒，拿出妳的氣魄來！

『張正達！』我鼓起勇氣喊了他，手心不斷冒汗。

『嗯？』

一顆心撲通亂跳，最後吐出：『你昨晚睡得好嗎？』

『還可以。伯父好嗎？妳和他談過，比較不擔心了嗎？』阿達關切。

『嗯，跟我爸談過話，我覺得放心多了，回台北我就會勸我媽回家的！』老天，話題扯遠了，要怎麼扯回來啊？

『我很好奇，女兒都跟爸爸談些什麼？』阿達問。

『我跟我爸談到感情問題……』這可真是千載難逢的好機會，我就順水推舟問他吧！我內心暗暗盤算著。

『感情問題？什麼樣的感情問題？』阿達笑笑地問，表現出高度興趣！

他的高度興趣，反而讓我又緊張了。

對啊！什麼感情問題？

我爸我媽的感情問題還是我和他的感情問題？

還是我個人的感情問題？

不過我跟他又沒有什麼，也談不上感情問題，可是如果要問我個人的感情問題，那他就是我的問題……但我怎麼可以沒頭沒腦告訴他，我的感情問題就是來自他的問題？

老天！徐詠晴，拜託妳的腦袋停止運轉好嗎？我……我簡直恨透了我這種『沒完沒了多重思考症候群』！

『詠晴？妳怎麼了？』見我久久不答腔，阿達納悶地看著我。

感情問題感情問題感情問題……

感情問題感情問題感情問題……

我快被這四個字煩死了，一開口我衝口而出：『阿達，你爸和你媽感情好嗎？』我是豬頭啊！我還管到他爸媽的感情問題幹嘛啊？

阿達顯然被我的問題嚇到，他愣了一會，然後感慨地說：『我想他們感情很差吧！』

我疑惑地望著他，一絲懊悔湧上心頭，我問錯問題了！

阿達倒是無所謂，一派輕鬆：『我爸媽很早就離婚了，我媽改嫁，我爸也另組家庭，我很早就獨立，從高中開始一直跟姊姊住在一起。』

阿達說得很自然，我望著他，心裡不知道為什麼痛痛的，一絲絲不捨蔓延開來。我不知道，阿達是這樣長大……

『詠晴，幹嘛這樣看我？』

『喔，沒有，』我聲音乾乾的，決定不再亂問問題，字斟句酌地說：『我只是在想，我不知道你還有一個姊姊。』

『我姊啊，哈，她是個過度快樂的女人，她的生命哲學就是快樂至上。』談到姊姊，阿達似乎很開心：『她去年嫁到夏威夷去了，現在每天在海邊游泳、做日光浴。』

『喔？所以你們不常見面？』

『前陣子她回台灣一趟，整個人曬得好黑，還燙了一頭大捲髮。』

咦？我狐疑地望著阿達，腦海中迅速連結到大波浪女。

『你姊姊……是不是頭髮長長的，長到這裡，』我比了比手肘一半之處，『然後是這樣的波浪，顏色有點棕紅色？』

『是啊！』

『是不是眼睛大大的，皮膚曬成淡淡小麥色？』我繼續問。

『咦！妳怎麼知道？妳認識我姊？』換他狐疑地轉過頭看著我。

Yes！Yes！

原來大波浪女是他的姊姊！

不是他的女朋友！

Yes！Yes！

折磨我長久的猜測，答案竟然得來全不費工夫！

好奇怪，我的一顆心跳忽然怦怦急速跳了起來，晦暗的心靈彷彿被點燃了光芒。

Light up！

Light up！

我的四周頓時燃起一個又一個螢螢亮亮的火光，小天使振著純白羽柔的翅膀在我身邊欣喜飛舞，吹著喇叭，在我耳邊響起歡樂奏鳴曲。

咻！砰！

咻！砰！

此時，黑漆漆的天空裡，一朵朵煙花綻放，五彩斑斕，光亮奪目，燦爛得讓我睜不開眼睛，幾乎無法直視。

『詠晴？』阿達喊了我。

『啊？』我回過神。

『我剛剛問妳，妳認識我姊姊嗎？』

我頓了一會，趕忙澄清說：『啊！我怎麼可能認識你姊？我只是想，從夏威夷回來的人，大概猜得出來是這樣的外型吧！』

『那妳猜得可真準！』阿達一笑。

這一路上開回台北，風和日麗，晴空蔚藍，柔白的雲絮自由飄動，遠方山巒輕緩起伏，阿達就在我身邊，載著我駛往家的方向。

車內溫度剛好，爵士音樂輕柔鬆懶。

我什麼也不要多問，只要能夠這樣就好。

對我來說，這就是一個萬事美好的早晨。

一天感受一個美麗的片刻，這個短暫片刻就可以無限延伸，成一日、成一月、成一年，成為未來每個陰天的晴天，讓我有勇氣高聲喊著：無論如何糟，今天天氣晴！

我就在這樣舒服的氣氛裡，幸福地睡著了。

回到台北，要打開家門之前我已經想清楚了，我要認真警告老媽，做人不要太過分，老爸是無可挑剔的！

一推開門，空盪盪，我跑進房間，發現老媽把行李都帶走了！

在我的梳妝台上，黏著一張便條紙，湊上去一看，是老媽留的，她用歪歪扭扭的字跡寫著：

『怕妳爸餓死，我回家了。　媽留』

我媽竟然自己開悟回家了！絲毫不費吹灰之力！

我手握著紙條，想哭又想笑，這真是一個……萬事美好的早晨。

對了，很久之後老媽才偷偷秀給我看，酷斃了的老帥哥當年送給我媽的定情之物是什麼。

定情之物是：一顆秀白圓潤的鵝卵石。

鵝卵石被仔仔細細放在一個鍛造鐵盒子裡，下面鋪疊一層柔軟的棉布，在旁邊的縫隙，夾著他親手寫的字句，那張泛黃的紙條，上面一筆一劃深刻寫著：『海哭石爛，此情不愚』。

海『枯』寫成海『哭』。

不『渝』寫成不『愚』。

八個字裡面竟然有兩個錯字！

不過錯字無損誠意，老媽說當年她收到的時候，芳心大悅，笑得合不攏嘴，所以珍藏至今。

『那……爸知道嗎？』我問。

『噓！當然不能告訴他！』老媽好似有先見之明那樣說，『男人喔，對女人的初戀情人都會耿耿於懷！如果對方問，妳就說妳都不記得了……』老媽這般諄諄告誡我。

『那妳對爸的初戀情人有什麼感覺？』

『感覺？要有什麼感覺？哼，我早就贏了三、四十年，有什麼好怕！』老媽信心滿滿地說著。不過，她隨即回過頭，不放心地欲言又止：『呃……怎麼？妳爸有跟妳提過小碧的事啊？』

『小碧？誰啊？我不知道，我什麼都不知道！』我推得一乾二淨。

後來，我又從我爸那裡知道，『其實……小碧的長辮子我到現在都還保存得很好……』

『真的？』我瞪大了眼睛。

『對啊，結婚那天我還對著她的辮子懷念好久……』老爸又惆悵又陶醉。

『現在辮子在哪裡？』

『我藏在衣櫃裡面那個大木箱的底部。』

『那……媽知道嗎？』我問。

『開什麼玩笑！我怎麼敢讓她知道！』老爸大驚，然後說：『女人喔，對男人的初戀情人都會耿耿於懷，所以後來妳老媽問我什麼，我就說我都不記得了……』

『那你對媽的初戀情人有什麼感覺？』

『感覺？要有什麼感覺？他應該感謝我，是我忍受妳媽的辣椒脾氣直到現在！』老爸悲憤叫屈。不過，他隨即拉住我，打探地詢問：『呃……怎麼？妳媽有跟妳提過她的初戀情人啊？』

『啊？是誰啊？我不知道，我什麼都不知道！』我一溜煙地逃走了。

當天睡前，和阿達通了電話，我忍不住問：『阿達，你的初戀情人是誰啊？』

『嗯？』

『我問，你的初戀情人是誰啊？』

『我忘了……』

『怎麼可能？沒有人會忘了他的初戀情人……』

『我真的忘了嘛！』口風可真緊！

『你講嘛！你講嘛！告訴我嘛！』

『噓，女人這麼吵男人會受不了喔！』他狀似警告。

『阿達。』

真是沒轍，不過，壯起膽子，我應該可以問點別的……

『嗯？』

『那……』我懸著語音未結。

『那什麼那？』他問。

『那……你喜歡看見我開心的樣子嗎？』

『嗯，還不賴囉！』他輕快地回答，話裡面充滿笑意，那笑聲裡頭細微的聲波，一波一波透過電話線，傳送到電話這一頭，大力搖晃著我，引起我一陣頭暈目眩。

阿達回答這個問題的速度，只有思考零點五秒鐘，所以……我猜想，他應該真的很喜歡看見我開心的樣子囉？

是的是的，一定是這樣的！不需要小心求證，我就要大膽地這樣假設！

嘻嘻，因為知道他喜歡看見開心的我，我忍不住就變得開心了起來。

掛下電話，我緊緊裹著棉被，在床上興奮地胡亂扭動身體。

深深鬆了一口氣，無可否認，這真是……一個萬事美好的夜晚！

8

這幾天下班經過伊雪莉的婚紗店，發現連著兩天大門深鎖。

晚上回家，特地去按了她的門鈴，等了好久，沒有人應門。

我轉身開了我的家門，一進客廳，Wednesday劈頭就對我說：『伊雪莉住院了。』

『住院？她怎麼了？』

『嚴重感冒，高燒不退，好像先是輕微感冒了幾天，後來開始發燒，真的撐不住了，掛急診進醫院吊點滴。』

『現在誰在照顧她？』

『妳說呢？』Wednesday反問我。

『品雄？』

Wednesday點點頭。

賓果！

我想也是，正牌男友志杰我到現在沒見過，一直癡癡守在雪莉身邊的，只有品雄。

看看時間，還不算太晚，『妳要去醫院嗎？』我問Wednesday。

『我才剛從醫院回來，妳去吧！』

Wednesday回答我，看起來悶悶的。

『Wednesday，妳還好嗎？』我坐到她身邊，關心地問。

『很好啊！』她回答，然後馬上從沙發上跳起來，轉進她的臥房。

這小女生怎麼了？今天又不是她討厭的星期三，為什麼鬧脾氣呢？

我納悶著，但也沒時間多問，才回到家，匆匆又出門了。

到了醫院，向護理站問了雪莉的病房，一路搭電梯到三樓。雪莉住的是單人房，嬌貴的雪莉當然只適合清幽的環境養病。

扭開了門，沒看到品雄，只見雪莉一個人靜靜躺在床上。雖然是臥病在床，不過憔悴的她看起來別有一番韻味，人長得美，連病容都美。

雪莉的頭側撇，朝向窗戶那一面。對於我的進入，她一動也不動，沒有任何反應。

『雪莉。』我喊了她。

雪莉轉過頭看著我，沒有說話，緩緩起身躺坐起來，默默垂下眼瞼，平日的幹練與銳氣消失無蹤。

『現在退燒了嗎？』我問。

『嗯。』雪莉輕輕點頭，不發一語，目光落寞，直直望著一個定點，不知道在想些什麼。

點滴一滴一滴緩慢滴落，雪莉安靜得不像雪莉，平日嬉笑怒罵、開朗精明的雪莉好像消失了。

我順著雪莉的目光望去，原來她的視線一直停留在手機上。

『嗶嗶、嗶嗶』手機忽然傳來簡訊接收的訊息。

雪莉面無表情。

『嗶嗶、嗶嗶』隔了一會，再度振動，又是一個簡訊。

雪莉依然不為所動。

我想，在我進入病房之前，這個『嗶嗶、嗶嗶』的聲音應該響過好幾次了。

雪莉完全沒有要查看簡訊的意思，反而是用一股絕望空洞的眼神，深深望著手機，好像手機根本不是手機，而是某個讓人又愛又恨的對象。

『嗶嗶、嗶嗶』小小的振動音在空盪的病房裡鼓動，一聲響過一聲，越來越急促、越來越焦躁。

『嗶嗶、嗶嗶』

『嗶嗶、嗶嗶』……

手機『嗶嗶、嗶嗶』響過幾次後，忽然變成電話鈴響了。

來電鈴聲是日本樂團恰克與飛鳥最有名的歌曲『Say yes』。

Say yes

Say yes……

Say yes的旋律那麼哀傷地傳送出來，成為這間病房唯一的背景音樂。

雪莉依然沒有要接電話的意思。

氣氛相當詭異，我完全摸不著頭緒，雪莉陰鬱的表情讓我不敢多問。

是誰傳來的簡訊？

是誰撥的電話？

雪莉想躲避誰？

不想被誰找到？

不願意聽誰的話語？

不能夠面對什麼？

在我還來不及搞清楚這一切之前，忽然間，雪莉猛地一把抽起手機，將唱得哀哀喲喲的恰克與飛鳥狠狠摔出去！

手機在空中成拋物線墜落，『啪』的一聲，摔在地上，四分五裂、粉身碎骨。

音樂停了。

雪莉怔怔望著地上的手機，然後，她的眼眶突然快速地潮紅起來，斗大的淚珠無可抑止一顆一顆大量湧出，雪莉好似刻意要壓抑，但卻再也壓抑不了。她垂下頭，嗚咽啜泣地說：『我在醫院、我在醫院……我人都在醫院了，為什麼他還是不能來看我……』

我被這突如其來的猛烈情緒嚇了一跳，卻也霎時間就懂了！

他，指的當然是志杰。

雪莉彷彿承受很大的折磨，有股崩天的劇痛在心裡翻攪，她的精神看起來不是很穩定，持續自言自語著：『為什麼不能來看我？為什麼不能來看我？我只要他來看我一眼，只是這樣而已……這樣的要求……很過分嗎？』

『雪莉……』

我好心疼，趕忙俯上前去拍拍她、安撫她。

雪莉卻只是一逕恍惚地喃喃重複著：『為什麼不能來看我？為什麼？……為什麼？……』

我慌了，束手無策。

潔白的牆面、無聲的點滴，外頭來來去去的醫護人員與儀器聲響，這個空間扭曲地將我們攪動起來，天旋地轉玩弄。

在這間醫院裡，可以吊點滴、可以動手術、可以從頭皮醫到腳底，但是誰來治癒傷心？有誰可以幫幫忙，讓一顆心不再憂傷、不再疼痛？

『詠晴，我……我，』雪莉轉過頭正眼望著我，倒抽一口氣，然後又啜泣了起來：『我真的很難受……』

我企圖找個理由來安慰她，『雪莉，因為志杰在上海工作啊，所以當然沒辦法馬上飛回來看妳啊！』

不說還好，一聽我這麼說，雪莉整個人激動了起來，她衝口而出：『他在台灣、他在台灣！他現在人就在台灣……』雪莉渾身顫抖，像是受到極大的委屈。

這我也不懂了，既然他就在台灣，為什麼……

『今天是他的結婚紀念日……』雪莉幾乎失控，大聲哭嚎了出來，『今天是他的……結婚紀念日！這就是為什麼他不能來看我！』

Say yes

Say yes……

手機已經摔壞在地上了，可是我耳邊好似還一直回響著恰克與飛鳥的歌聲。

『手機鈴聲是他為我選的，我可以聽見一千遍、一萬遍的求婚，但是不能say yes……』

雪莉大力喘息，哽咽抽搐，她聲音沙啞地說：『詠晴，我真的……好……好……痛！』她撲進我懷裡，放縱地痛哭失聲，我撫摸著她，心頭酸楚，此刻雪莉像一個易碎的玻璃娃娃，輕輕一捏，就會粉身碎骨。

就在這個時候，『喀』一聲，病房的門被輕輕扭開了，細細的門縫透進一層光，然後，我隱隱約約瞥見一個身影，是品雄。

品雄在門邊佇立，他側著身，我無法辨識他臉上的表情，不過他的身影顯得那麼無力，好似再也擔不住整個世界。

沒多久，房門悄悄地關上，再度隔開了兩顆傷心。

✽

現在，我坐在品雄的車上。

之前雪莉去醫院掛急診的時候匆匆忙忙，忘了帶證件，她把鑰匙託給我，請品雄載我回家幫她找證件。

品雄穩重地將車行駛在馬路上，不超車、不躁進、不踰矩、不闖紅燈，不知為何，坐在他的車上，有一種難以形容的安心，這跟他是汽車銷售中心的主管有沒有關係？我覺得，品雄很瞭解車，從外觀到配備、從性能到脾氣，無一不熟，他懂得用車的個性和車相處，坐在他的車上特別安詳。

『雪莉怎麼會突然生病了？』我問。

『接近年底特別忙吧！許多新人趕結婚，婚紗店生意好，天氣又忽然轉涼，妳也知道，她老是忘記多添一件衣服。』

『應該把事情交代下去，讓店員去忙！天氣冷了就穿外套啊！雪莉真不會照顧自己。』我打斷他的話，忍不住責備雪莉。

紅燈亮，品雄停了下來，他望著遠方輝煌的車河，若有所思地說：『她真的需要有一個人在身邊好好照顧她，』說到一半，轉過頭看著我，用很認真的神情補充了一句：『我是指，真實的照顧！』

真實的照顧！

只是很平凡的幾個字，但是在我耳裡聽來，感覺上每一個字都充滿力量，蘊涵著擔當與氣魄，我看著品雄，一時間接不上話，品雄知道志杰的存在嗎？知道多少呢？他為什麼甘願這樣不求回報一直付出？如果是沒有盡頭的等待，為什麼還要等待？剛剛在醫院，他應該聽到雪莉的哭泣了，他是什麼感覺？我暗暗思索，默默低下了頭。

『品雄，你在客廳等我一下，我去找！』

『好。』

我推開門，進了雪莉的房間，一股淡淡的粉妝香味逸散出來，窗台上，擺置一個雪白精緻的陶瓷香精燈，湊上前去，花草香味的精油已經乾涸，不過仍可嗅到稀薄的餘味，名副其實的香閨。

雪莉房間裡擁有一個讓所有女人都羨慕的藏衣室。

ㄇ型的衣櫥裡，毛衣、線衫、長褲、短裙、洋裝、便服分門別類，長外套與短外套有各自的空間。連圍巾、絲巾也不偏心，同樣有獨立的收納處。

另外，一雙雙名貴的高跟鞋、楔形鞋、長統靴，整整齊齊排列，有些則是以鞋袋包覆，置放在鞋盒，鞋盒外面黏貼照片，搭配時就能一目了然。

雪莉用她管理婚紗店的方式有條不紊地在管理她的心愛衣物。而她的華麗衣裳、時尚皮包、各種配件，多得讓我目不暇給。

英國有一項調查顯示，三十歲的女人會在十年內買下八輩子都用不完的東西。

即將邁入三十五歲的雪莉，至少已經買了四輩子都用不完的東西，或者更多、更多！

人家常說世上沒有醜女人，只有懶女人。

可是我看了雪莉的房間，忍不住要悲鳴：『世上沒有醜女人，只有窮女人！』

想想我這種死薪水階級，一個月的薪資還買不起她櫃子裡的一個LV！充其量，我只能過過地攤式流行、平價式時尚、低調式奢華。要擺出雪莉那種精雕細琢的闊綽品味，對我來說簡直是天方夜譚！

不過，關於人生的苦惱，雪莉可不會比我少，這就是老天爺公平的地方，快樂與財富不見得成正比，美麗與滄桑往往並行。

雪莉的梳妝台上，桌上東西整整齊齊，瓶瓶罐罐的保養品一應俱全，化妝水、乳液、日霜、夜霜、眼膠、精華液、護唇膏，一張臉巨細靡遺保養徹底。彩妝品更是讓人咋舌，深淺眼影、各色口紅、管防水顧濃密的睫毛膏、大大小小幾十把專業刷組，像極了百貨公司裡面的彩妝專櫃。

我東張西望，雪莉說證件就擺在梳妝台右手邊的小抽屜，拉開抽屜，還沒仔細翻找，我先看見兩張報紙剪報。

定神一看，是報紙副刊的小詩文，作家劉中薇寫的〈緣分〉：

『朋友對我說，緣分這種東西好奇妙。
如果兩個人注定要在一起，
哪怕中間阻隔喜馬拉雅的連綿山巒。
哪怕撒哈拉沙漠的巨大風暴迫在眼前。
哪怕維蘇威火山的岩漿熾熱沸騰。
哪怕一個在天之涯、一個在地之角。
走遍千山萬水之後，終究會相聚。

我卻憂傷地想著，緣分這種東西好奇妙。

如果兩個人注定要分離，
即使攀登了連綿山巒、即使穿越了沙漠風暴、
即使衝破了火山威脅、即使從天之涯千里迢迢跋涉到了地之角。
走遍千山萬水之後，終究要分離。』

雪莉覺得她和志杰的緣分到底是千山萬水之後的相聚？
還是千山萬水之後的分離呢？
初戀情人十多年後再度相見、相戀，是千山萬水之後的相聚。
可是初戀情人已婚，又注定遲早是千山萬水之後的分離。
這段感情真的是一條崎嶇的漫漫旅程啊！雪莉從女孩一路走到女人，最燦爛的青春年華，全都與志杰同行，是不是不論天堂或地獄，只要有他陪伴，都會心甘情願？
我們永遠可能遇到更好、更適合的人，但是曾經共同擁有美好的回憶，卻是誰都不能取代的。
永遠不能再重來，十六歲的志杰與雪莉……

『快樂
後來我們就不太快樂了，
不太快樂的我們還是繼續勉強在一起。
一直到有一天有一個人，

終於覺得也許分開來會快樂一點，所以痛痛快快地決定分離。
分離之後就快樂一點了嗎？
剛開始，我的快樂來自於逃脫了我們後來不快樂的日子；
我的不快樂來自於發現你不在身邊，我其實很難快樂到哪裡去。
到現在，我的快樂來自於回憶我們以前曾有的快樂；
我的不快樂來自於發現你離開我之後竟然比較快樂，
這樣的驚覺，讓現在已經很不快樂的我，又更不快樂了一點。』

這一首叫做〈快樂〉的詩文，讓我看了很不快樂，我手中握著這一小塊剪報，再度想起雪莉。不知道為什麼，我又回憶起剛搬進來時，偷偷聽到雪莉的哭泣聲。

雪莉不像表面那樣無所謂吧！也許兩人也曾試圖分開吧！但又是什麼再度將兩個人拉在一起呢？如果說純然是因為愛，所以才又決定不分離，我不那麼樂觀呢！

也許就是因為『快樂』這個因素在作祟吧！如果與志杰分離，雪莉會那麼不快樂，又何必強求分離呢？

與其一個人一直不快樂，倒不如兩個人維持在一起，就算有時候不快樂，但至少還有些時候是非常快樂。

『一直不快樂』，和『有時不快樂、有時非常快樂』這兩個選項擺在一起，雪莉顯而易見的做了選擇。

『孤單寂寞』，和『有個人陪』這兩個選項，的確也是『有個人陪』略勝一籌。

和這些剪報放在一起的，還有黃曆、占卜、手相、塔羅牌、紫微斗數、九宮命學等等命理相關書籍，雪莉簡直像個女巫一樣！

雪莉始終深信是老天爺冥冥中的安排將她和志杰安排在一起，可是老天爺說的又不一定全對，雪莉幹嘛全聽啊？而且，如果真的是深信不疑，又為什麼天天卜卦天天問？這個女人真是令我摸不著頭緒。

我在梳妝台右邊第二個抽屜找到她的身分證。

隨即跌入另一個更摸不著頭緒的狀況。

嗯，好奇怪，真的好奇怪！

我在身分證上面看到一個名字，不叫做伊雪莉。

而是叫做『蔡麗花』！

不過身分證上面的照片的確是伊雪莉！

這是什麼狀況？

我拿著證件，邊思索邊踱步走到客廳，電視機裡傳來一陣誇張的笑聲，原來衛星頻道正在播映一個很受歡迎的日本綜藝節目，一隻猩猩帶著一隻狗接受任務挑戰，一會去洗衣店領衣服、一會去蛋糕店買蛋糕。畫面上狗狗猩猩的動作滑稽好笑，不過品雄卻面無表情，似乎沒有留神在看電視。

『品雄，』我喊了他：『我找到雪莉的證件了，不過，上面的照片是她，名字卻不是她……』

『是叫蔡麗花吧！』品雄轉頭看我，平靜地說。

『對對對耶！你怎麼知道？』

『蔡麗花才是她的本名，伊雪莉是她算命算出來的名字。』

『為什麼要改名字？』

『她相信這樣會比較好命吧！』

我不禁嘖嘖，原來伊雪莉連名字都是精挑細選，只是換了名字運勢就會跟著轉變嗎？

『妳拿著什麼？』品雄湊過來我身邊，看見我手上拿著剪報。

『劉中薇的詩文作品。』

品雄一臉茫然。

『一個作家。』我補充。

『喔！我不認識。』品雄面有難色。

『你看得懂嗎？』我把詩文遞給他，他皺著眉瞄了一眼，又遞還給我，說：

『我們男人……比較少看這種文謅謅的東西。』

品雄屬於安全可靠的男人，要把他和幽默風趣、才華洋溢聯想在一起不太可能，他從汽車銷售員，一路做到銷售中心主任，即使在職場上打滾這麼多年，品雄身上還是有一種讓人可以放心的信賴感，絲毫沒有世故的感覺。

我雖然見過品雄很多次，但是沒有跟品雄單獨相處過，再加上剛剛瞥見他在病房外的落寞，我好像未經允許地窺知一個男人的哀愁，所以讓我們此刻的氣氛有些尷尬。

我轉進廚房，倒了一杯水給他。

『妳很不能理解我的行為，是嗎？』品雄忽然開口了。

『什麼行為？』

『一直守在雪莉身邊。』

我一愣，是的，他說中了，我真的不理解。

『品雄，你覺得你懂雪莉嗎？』

『誰能夠透徹懂一個人呢？我只要懂在我面前的雪莉就好了。』

『可是，你難道……』我猶豫著問句，斟酌我接下來該說些什麼。

『我想，我知道的不會比妳少。』品雄直接打斷我的話，眼睛直直地看著我。

『你說什麼？』

『我知道雪莉一直有個對象。』

我倒抽一口氣，故意轉身抽張面紙拭去桌上的水紋，避開他的目光。

『雪莉從來沒有告訴過我，不過，我知道她在這段感情裡掙扎得很辛苦。』

『不會吧……也許你猜錯了……』我低估品雄的敏感度了。

『我不知道她有沒有告訴妳所有的狀況，我不瞭解細節，也不想知道。』

『為什麼你不問清楚？』

『我為什麼要問？問了只是把我們的關係搞得壁壘分明，她不快樂，我也痛苦。我認識雪莉兩年多了，她從一開始就不拒絕我的照顧，但是她也不回應我的情感，』他頓了一會，『雖然不回應我的情感，可是也從沒有明確的拒絕。』

『你不覺得這樣很狡猾？』

『不覺得，』品雄搖搖頭，『也許一開始曾經想不通，不過，後來我覺得，這表示雪莉對我也是有感情的，只是還沒有強烈到可以勝過另一個他。』

『這是一種安慰自己的自圓其說嗎？』

『和她這樣模糊的關係，我也曾經很痛苦，可是我知道我改變不了什麼，如果我想要繼續，只能不斷調適自己。我知道以我的條件，當然也可以找到溫柔風趣、感情清楚的女人共度一生，不過，那個人不是雪莉，對我就失去了意義。』

『即使雪莉的心不在你身上，你也不在乎嗎？』

『如果和他在一起的愛情讓雪莉覺得幸福，那麼看見她幸福，我也就覺得幸福。如果有一天，那樣的愛情已經不能給她幸福了，那麼，我可以給她幸福。我只是心疼她，覺得她傻，為一段痛苦的感情放不開，她值得更好的人來疼愛她。』

我覺得品雄也傻，志杰、雪莉、品雄這三個人，好像小時候教科書上寫的食物鏈，一個擄掠一個，互相繞得團團轉。

愛倫在〈愛情觀測站〉裡曾經一針見血地指出：『只要「一個女人」，跟只要「這個女人」是不同的，其中的差別就是愛情。當一個男人他要的不是任意的a而是特定的the，當定冠詞the漸漸變得不可取代，那麼這個男人注定要為愛情吃足苦頭。』

說來說去，竟然是定冠詞惹的禍。

『可是……品雄，難道你只在意雪莉的幸福，而不在乎你自己的幸福嗎？』

『如果我愛她，應該把她的感受放在我的前面。不過這樣說，好像我自己很偉大，妳以為我很無私，相反地，換一個角度想，我也許是很自私的。』

『怎麼說？』

『因為看到雪莉會讓我很開心，所以我在她身邊照顧她，有一半是為了滿足我的開心，我是很自私的。』

我停頓，思索了一會。

『有時候走在路上，她會親暱地挽著我的手走路，我很喜歡那樣小鳥依人的她，這就是我的快樂，所以我是為了我的快樂而照顧她。當然，我知道她非常依賴我，需要我陪伴。』

『你會覺得她過分嗎？她需要你，可是又不真的跟你交往，心裡掛著另一個人，你在她身邊，好像什麼也不是……』

『要是什麼？是情人？男朋友？老公？妳覺得一個明確的位置或角色名稱很重要嗎？在我心裡，我什麼都是，我是她的好朋友，也是她偶爾的情人，也是照顧她的家人。』

品雄試著做更進一步解釋：『愛就是愛她的全部，不能挑著愛，如果挑著愛，那是在經商，不是在談感情。這世界上本來就沒有什麼是最好的，我愛上了這樣的雪莉，即使她是狡猾的，我也得臣服。就像挑選一部車，你要求舒適，那麼就要犧牲性能；房車安穩但馬力就差一截，馬力強的車，空間多半比較狹小，永遠沒有最好的，只有當時你需要的、你碰上的、你適合的、你甘心負擔的。一旦你選定了，就接受全部，如果你硬要去改車，把車變成不是原廠配備的樣子，如果改得不好，那麼很有可能有一天車子會報銷，連原來的樣子都不是，你和車子的關係也不存在。』

『我覺得你根本……』我把『癡迷了』三個字吞下去，說不出口，任何關係都是心甘情願的，何況，愛情裡如果沒有癡迷，沒有那種『我只想和妳在一起』的念頭，又怎麼能算愛情？

品雄喝了一口水，拉開餐桌椅，坐了下來。他說：『詠晴，我更看重的是愛，這個愛也許包含愛情的成分，但愛情不是唯一的成分。只靠愛情維持的關係，太薄弱了。我想雪莉目前只渴望「愛情」，但總有一天她會發現她需要的是一段「關係」。「一段愛情」和「一段關係」是不一樣的。』

『我聽不懂……』我也拉了一把椅子坐在品雄對面，專心地看著他。

『愛情是忽然綻放的花，它很美、充滿香氣，不需要努力就可以享受這種美好。關係則是種子，需要除草、灌溉、栽培、施肥，必須在身邊用心呵護，不能遠遠觀望，也不能三五天才澆一次水，關係是真實的生活、真實的相處。一段愛情，如果不能進展到一段關係，那麼只是一個不切實際的夢，花謝了就謝了。』

品雄一口氣把水喝盡，『一直在愛情裡面作夢的女人，往往格外辛苦。』

『品雄，你的愛情談得好理智、好務實。』

『畢竟我不是浪漫詩人，我是一個不讀詩的平凡人。』他調侃自己，用手把玩著空水杯，思索了一會，然後神色黯然地說：『而且，別忘了，妳看到我現在的理智，也許是累積了很多不理智的失眠才換來的。』

品雄抬起頭，給了我一個笑容，輕輕淡淡的，卻讓我心頭一緊，因為那是我所見過，最讓人想哭的笑容。

✽

幾天後，在品雄愛的照顧下，雪莉康復出院了。出院後又隔了兩個星期，品雄帶著雪莉到新竹關西的家鄉去踏青，順便探望品雄的父母。

品雄的父母在關西有一塊小小的田地，栽種橘子。現在正是橘子紅了的季節，聽說雪莉跟著他的父母爬上爬下，用她的纖纖玉手幫忙採收橘子，玩得不亦樂乎。回來的時候，雪莉提回一大籃橘子送給我和Wednesday。

那趟旅程之後，有些事情開始悄然改變。

品雄的愛情，也如同那一籃鮮嫩欲滴的橘子一樣，經過長久歲月的耕耘後，終於開花結果了嗎？

噓！不可問，不可說，愛的迷惑靜待時間來解答。

9

很快地，到了十二月，街頭掛起耶誕節的擺飾，溫馨歡樂的氣氛洋溢在大街小巷。

我從賣場買來一棵八尺高的耶誕樹，為我在這個家的第一個耶誕節增添一點氣氛。

掛上圓潤的珠光球、可愛的枴杖糖、浪漫的蝴蝶結、光潔的緞帶、歡唱的鈴鐺，再將金黃色的燈泡纏饒在樹枝綠葉裡，開啟開關，透出一明一滅的閃爍光輝，耶誕暖光洋溢在這間城市公寓裡。

我望著這樣一棵精心打造的美麗耶誕樹，滿意得不得了！

Wednesday躺在旁邊沙發上讀著書，又是一本怪書：《拔一根頭髮，在幻想的森林中漫步》。

『漫步就漫步，幹嘛要拔頭髮？拔頭髮就專心拔頭髮，幹嘛要漫步？』我不明就裡地望著這本書。

『這本只是入門哲學書。消遣用的。』她回我，語氣不帶感情，『不過……以妳的程度，能翻完這本就不錯了。』

從剛剛她就無視於我的忙碌，顯然並不熱中我精心布置的耶誕樹。

這陣子，我直覺Wednesday鬱鬱寡歡，如果連溫馨的耶誕節都不能讓她開心一點，還能期待什麼時候開心呢？

『Wednesday，我們來辦趴踢好不好？』我湊到她身邊，興致勃勃提議。

『什麼樣的趴踢？』漠然地，看都不看我一眼。

『其實就是大家來吃吃喝喝啦！』

『這樣的趴踢太遜了，我沒什麼興趣。』Wednesday自顧自地看著她的書，甩都不甩我。

『別再什麼又拔頭髮又散步的，理我一下嘛！』

『我就說了這種趴踢太遜了，我沒有興趣！』

『那不然呢？』我搖晃著她，『告訴我嘛！你們現在年輕人都辦些什麼樣的趴踢？』難道差了十歲就差很多嗎？

她合上書本，正經地坐起來，『喏，我們的趴踢都是有主題的，模仿三〇年代老上海的復古趴，或是穿高中制服的制服趴，不然就是扮成小學生的幼稚趴。』她補充一句，『不過，這些都算入門班。』

『難不成還有進階班？』

『妳想知道？』她故意吊我胃口。

『告訴我嘛！』這下我更想知道了！

『上次心理系同學私底下辦過一場趴踢，叫做尋找吸血鬼。』

『這是什麼？』

『裡面安排了一宗謀殺案，每個人都會拿到關於這樁謀殺案的一個線索，然後大家要盡全力，從線索當中去發現哪一個是真正殺人的吸血鬼。

『因為是跟謀殺案有關，參加的人要裝扮成與偵探、吸血鬼，或是屍體相關的造型。趴踢會場取名叫墳場，現場吃到的食物不是叫做屍塊，就叫做腐肉，喝的飲料紅色的都叫血漿，白色的都叫腦漿。』

譁！我聽得毛骨悚然，雞皮疙瘩都登時肅然起敬，想不到差了十歲果然差很多！

『有一位同學的裝扮是把鋼刀橫插在頭上，鮮血從頭頂流洩到臉上，屍白的臉配上豔紅的血，維妙維肖，超級帥！』

『帥？這叫做帥？』

Wednesday大力點頭，露出無限崇拜的表情。

我的天啊！

『這是誰想出來的鬼點子？』

『一個研讀犯罪心理學的學長。』

『你們的趴踢一定要這麼勁爆、這麼高難度嗎？』

『這才是王道！』Wednesday用她煙燻妝的眼睛，森冷而不屑地睨著我，『現在妳知道妳的吃吃喝喝趴踢有多無聊了吧！』

好好好，那我也來想個主題。

在客廳來回踱步，時而仰頭皺眉，時而枯腸思索。

『有了！』我高喊。Wednesday懶懶地抬起頭看著我。

『你們尋找吸血鬼，我們來尋找光！』我興奮地說。

『什麼意思？』

『我要辦一個光之耶誕趴踢，大家一起來尋找光！』

Wednesday木然地看著我。

『一起尋找生命中的光，妳不覺得很讚嗎？』我眼中閃閃發光地說著。

Wednesday白了我一眼，『徐詠晴，妳一定要走這種溫情路線嗎？』她直接澆了我一大桶冷水。

『星期三小姐，我可不想大家在耶誕夜度過驚魂夜。我覺得光之耶誕趴踢很溫暖啊！』

『隨便妳，反正又不是我辦！』

Wednesday依然冷傲，這個小女孩，真的很難取悅、很難親近！

有人為了辦趴踢請假的嗎？有，我就是！

為了好好籌畫準備，讓趴踢賓主盡歡，我決定今天進公司就先預請耶誕趴踢那天的假！

一走入《溫暖．家》雜誌社，遠遠地還沒走近，就看見一個紅咚咚的人坐在總機台。我內心納悶不已，我們的精神標誌催姊到哪裡去了？再仔細一看！不對，這個坐在總機台的人就是催姊啊！

『催姊！』我忍不住大喊一聲。

『幹嘛啊！叫那麼大聲，嚇死人啊！』

催姊穿了一件磚紅色的高領毛衣，怎麼可能！這不是催姊的顏色，催姊向來不是墨黑、就是深灰。

更匪夷所思的是，催姊臉上雖然還掛著黑色的膠框眼鏡，不過明顯看得出來她搽上淡淡的粉，兩頰還點綴一層薄薄的腮紅。

我整個上半身俯趴在總機台櫃上，直盯著她看。

『徐詠晴妳幹嘛？』催姊警覺地武裝起來。

『催姊……，妳今天看起來不太一樣……』我上下打量著。

『不一樣？哪裡有不一樣？』

『這個衣服……還有這個妝……』

『喔，年末整理房子，翻到一些舊衣服，好久沒穿了，丟掉可惜，就拿來穿一穿。至於這個妝嘛……合作廠商送的化妝品啦！不用白不用！』

是嗎？我們是居家休閒雜誌耶，曾幾何時和化妝品品牌合作過啊？

我滿心懷疑地望著催姊，催姊今天沒有吼我，感覺上心情還挺不賴，平安喜樂，一派祥和。

嘖嘖！耶誕節還沒到，我好像已經目睹了耶誕奇蹟！

走到辦公桌，我把假卡認真填好，趕緊小跑步拿去瞪爺的辦公室請示批准，之前瞪爺有交代，除非病得快死了，否則不接受當天臨時的請假，所以我得快點預先請好耶誕假。

瞪爺的辦公室向來不關門，我走到門口，還沒跨進去，先被眼前景象嚇了一跳，趕忙一個轉身側躲在門口。

老天！怎麼會這樣？我簡直不敢相信我看見的！

我看見……

我看見……

瞪爺竟然在……梳・頭・髮！

你一定想，梳頭髮有什麼好大驚小怪，不過如果你知道瞪爺頭上只有三根毛，你就會和我一樣，驚嚇指數百分百！

我偷偷窺視著辦公室裡的瞪爺，他在鏡子前面拿著扁平梳子認真仔細地在分線，表情看起來似乎對自己的造型滿意得不得了！

就在這個時候，瞪爺心底的聲音隱隱傳送到我耳邊，小小聲竊竊嘀咕著：

『是要分成左二右一，還是右二左一呢？』

『嗯，其實我還挺帥的嘛！』

『三根毛的男人也有三根毛的風采！』

『誰能阻擋一個成熟中年男子的魅力呢？』

我趕緊摀住耳朵，按捺住快要噗哧而出的笑聲。

瞪爺是怎麼了？

天哪！又一個耶誕奇蹟！

我悄悄轉身想要逃之夭夭，一回頭就對上方濟平。

『徐詠晴，妳鬼鬼祟祟在幹嘛？』雞皮一把抓住我。

『噓！』我比了比手勢，大力把他拉到一邊，『雞皮你小聲一點啦！』

『幹嘛啊？』雞皮一頭霧水。

『我……』

『妳什麼？』

『我本來要去跟瞪爺請假，不過……他在忙。』

『喔，妳要請哪一天的假？』

『耶誕夜，我要開趴踢，你沒有空？』

『那天很多約耶，我已經要連趕三場了……』他扳著手指頭數著。

『不管啦！把我的排在第一場！還有，這是「光之耶誕趴踢」，請你要帶一份和「光」有關的禮物來交換。』

『光？什麼光？』

『請自由聯想。』

張羅趴踢可不容易。

『什麼？一隻烤火雞要兩千五！』

『沒錯！』

『妳不能算我便宜一點？』

『小姐，就算妳要訂一百隻我們都是這個價！』

我只是一個窮酸的小雜誌社上班族……現在開始孵火雞蛋還來不來得及？我手握著話筒，猶豫不決。

『妳要是覺得烤火雞太貴的話，我們還有一般烤雞啦！一隻只要五百！妳訂兩隻就給妳打九折！』

『好！就訂兩隻！』

這麼多人要用耶誕大餐，光烤雞當然是不夠的，趴踢當天，我一大早就跑去菜市場，準備馬鈴薯沙拉、義大利麵、南瓜濃湯、海鮮拼盤、大蒜麵包等等的食材。然後還買了一箱啤酒、三瓶紅酒、兩罐伏特加、許多的可樂與果汁。

哼不啷當就花去五千塊！荷包哀哀喊疼了一下。

沒關係沒關係，我快領年終獎金了，我這樣安慰自己。

套個信用卡廣告。

趴踢：五千！

開心：無價！

天色昏黃，邀約的客人陸續來了，雞皮、阿香、阿拉丁、品雄、雪莉，當然還有阿達。

強尼和Mark已經甜蜜地飛到香港去過耶誕節，不過他說：『徐詠晴，妳放心，我一定會在香港最高的耶誕樹前為妳許願，讓耶誕老人的麋鹿為妳快遞送上好男人。』

娜姊的『小心輕放』推出耶誕大餐，高朋滿座，不能前來，不過她提早送了一罐紀念版的巨大海尼根讓我們暢飲，那玻璃瓶高大到與我的小腿齊高！

阿拉丁向來是歡樂孩子王，他手上竟然拉著兩顆粉紅色愛心氣球來參加！

『阿拉丁，這是要送我的嗎？』我歡天喜地接過氣球。

『一個是，一個不是。』

『那另一個要給誰？』我不解。

『當然是給阿香囉！』

也對！我將氣球綁在耶誕樹旁邊，一瞬間增添了夢幻童趣。

今晚的耶誕趴踢大餐完美得不得了，訂來的烤雞鮮嫩多汁，我昏頭轉向做了一下午的菜餚也風評不差，除了……手忙腳亂中，南瓜湯發生一點意外。

Wednesday先問我了：『咦？詠晴，妳的南瓜湯呢？不是從下午就開始煮了？』

『哇！還有南瓜湯喔！』手中還握著雞腿的雞皮躍躍欲試。

『當然當然，耶誕大餐怎麼可以漏掉溫暖到心坎裡的濃湯呢？』我故作鎮定地說：『而且，這道南瓜湯有個特別的名字，叫做「天啊南瓜湯」！』

『什麼叫做天啊南瓜湯？』大家面面相覷。

『等我端出來你們就知道了。』

我走進廚房，將南瓜湯端出來，大家在萬分期待中，低頭看著這一鍋煮成膠稠狀、看起來髒髒的、土黃色散發著濃濃焦味的液體。

『天啊……這是……南瓜湯？』眾人驚呼！

我不置可否的點點頭，然後大笑起來：『所以才叫天啊南瓜湯！』

很快地趴踢進行到交換耶誕禮物的高潮。

要如何交換禮物呢？如何決定誰該收到誰的禮物呢？

這個活動我早就已經交代雞皮，讓點子特多的雞皮去幫我傷腦筋。

『咳！咳！』雞皮站起來，拿著湯匙敲湯碗，叮叮咚咚發出聲音吸引大家注意。『看這邊、看這邊！』我們全部的目光都給了他，他秀出一疊名牌在我們面前，不過只給我們看背面，不知道正面寫些什麼。

他解釋：『現在開始要交換禮物，我們一共八個人，所以我準備了八張名牌，每個人抽一張，然後把它翻過來，你要去找到可以和你配成一對的人。那個人就是你要交換禮物的對象！』

雞皮把名牌背對著大家，每個人輪流抽一張，氣氛忽然緊張起來，大家戰戰兢兢地要抽出神聖的一張名牌。

我也好緊張，不知道自己會抽到什麼，又是誰會和我交換禮物？

『蠟燭！我抽到蠟燭！』我翻牌，興奮地大喊，我的名牌上清清楚楚寫著『蠟燭』兩個字，雖然我不知道其他的名牌寫些什麼，不過蠟燭感覺上喜悅溫暖，我喜孜孜地問著：『快！有誰抽到蛋糕嗎？還是願望？還是打火機？蠟燭應該跟什麼配對啊！』

現場沒人搭理我，大家鬧烘烘地亂成一團，努力在尋找自己的另一半。

阿拉丁大力晃著『王建民』的名牌，和他配對的是雪莉手上的『台灣之光』。

阿香驚笑著：『我竟然是一碗「擔仔麵」！』

品雄趕緊舉起手中的『台南』和她相認。

『雞皮，你想出來的配對到底是依據什麼啊？怎麼又是王建民，又是擔仔麵？』我問。

『沒辦法，我是王建民超級球迷，然後我家住台南，從小最愛吃擔仔麵啊！』雞皮解釋。

此時，Wednesday皺著眉頭，打斷我們，Wednesday說：『我抽到周杰倫。周杰倫該配誰？』

『當然是蔡依林啊！』雞皮不慌不忙秀出他手中的『蔡依林』。

『拜託！周杰倫早就不是配蔡依林了！』Wednesday冷冷嘲諷，完全不苟同。

『可是我喜歡蔡依林嘛！所以我硬要把他們配在一起！』雞皮賴皮地說。

『好吧！現在大家都找到伴了，那我的蠟燭該配什麼啊？』

環視四周，現場只剩下兩個人還沒有配成對，那就是阿達……和我！

不會吧！老天爺竟然將我們配成一對！

不不不，我一點也沒有欣喜若狂，這種不足掛齒的巧合有什麼好誇嘴！可是我的確笑得合不攏嘴……

阿達至今沒出聲，他靜靜坐在角落，一直掩著嘴暗暗笑著。

『我是蠟燭！那你呢？是蛋糕還是打火機？』我開門見山。

阿達緩緩舉起他的牌子，所有的目光都停留在這張名牌上，阿達將名牌翻過來，正面出現的是——『皮鞭』！

『蠟燭配皮鞭！』我驚呼。

『絕配！』雞皮吹了一聲歡呼的口哨。

『臭雞皮！』我追著他打！

然後，真正開始交換禮物了。

品雄拿出他的禮物，好大一個紙盒裝著，對於這第一個與『光』相關的禮物，我們都興奮不已。

『阿香，快拆開來看！』大家鼓動著和品雄配對成一組的阿香。

緩緩打開，露出綠色的葉子，原來裡面是一盆盆栽！

『品雄，這跟光有什麼關係？』我問。

『這是一盆小樹苗，是金桔樹。因為植物會行光合作用，所以當然和「光」有關囉！』

『喔！』這下恍然大悟。

接下來，阿香準備的禮物是一張ＣＤ，品雄把包裝紙拆開，裡面是光良的專輯——〈童話〉。

『光良有「光」喔！』阿香得意地說。

『好純情喔！』雞皮大笑！

『唉喲，我本來希望是女生抽到這個禮物啦！不過品雄抽到也很好啊，可以送給雪莉。』她吐了吐舌頭。

再來是伊雪莉和阿拉丁。

雪莉準備的禮物是一個古董珠寶盒，『珠寶盒是空的、光光的，就等阿拉丁慢慢去裝滿它！』珠寶盒底下壓著一個幸運符，雪莉笑盈盈地說：『這個幸運符可以開光招財，有拜有保庇！』

哈，雪莉女巫果然沒有浪得虛名！

輪到阿拉丁，阿拉丁真不虧是至尊無上的孩子王、幼兒教材業務冠軍，他準備的禮物竟然是——『巴斯光年！』我們齊聲高喊著！

阿拉丁興匆匆地示範給我們看：『這個飛彈是真的可以發射，』他一邊按下飛彈的機關，一邊高喊著：『飛向宇宙、浩瀚無垠。』

雪莉尷尬地收下這個禮物，哭笑不得，『我真的相信阿拉丁哄小孩的功力絕對無人能比！』雪莉看著巴斯光年無奈地搖搖頭，『我想我應該把巴斯光年放在我的床頭，請它保護我吧！』

接下來，換到我和阿達這一組了！

『詠晴，妳準備的是什麼？』

『這是一組沐浴禮盒，裡面有三塊不同香味的手工肥皂，還有沐浴刷。』我邊拆開包裝邊解釋。

『沐浴禮盒跟光有什麼關係？』阿達問。

『收到禮物的人要脫光光才能使用，而且可以把霉運洗光光！一共牽涉到四個光！』

我洋洋得意地解說，腦袋卻開始不由自主地亂想起來。

阿達脫光光……阿達脫光光……

阿達要脫光光才能用這些東西……

我送的禮物、阿達的裸體……

天啊！徐詠晴，妳在想什麼啊！我忍不住捶了捶自己的腦袋！

『詠晴，謝謝，這個禮物很實用。』阿達邊說邊把香皂放回包裝盒裡。

『不客氣。你準備的禮物是什麼？』

阿達拿出一個牛皮紙製造的小紙袋，然後從紙袋裡面抽出一個方形的紙盒：『禮物就在裡面。』他把方盒子遞給了我。

『這是什麼？詠晴快拆！』阿香在一旁催促。

我將盒子打開，映入眼簾的，赫然是：『一顆石頭？』

我蹙著眉頭，把玩著這顆平凡無奇的石頭，有沒有看錯啊？

『張正達，你來鬧場啊！石頭跟光有什麼關係？』阿香不客氣地質問他。

『這不是普通的石頭。』他心平氣和地說。

『那不然是什麼特殊的石頭？』

阿達高高舉起這顆石頭，慎重地將它拿到燈下，眾人仰起頭，所有的目光一時間全都聚集在這一顆小小的石頭上；一顆不起眼的石頭，在這瞬間變得好尊貴！

『這是一顆從太空掉下來的隕石，』阿達繼續解釋：『隕石在落下之前，是劃過天空的流星，是黑夜裡的星光……』

『原來是星光！』我興奮地喊了出來，『你送的是星光！』

阿達會心一笑地點點頭，將隕石輕輕放在我手掌心。

『這一顆是鎳鐵隕石，百分之九十以上是鎳鐵的成分，根據考證是五百萬年以前墜落到地球。』

『譁！五百萬年前！』我如獲至寶地捧在懷前，無限珍惜地低頭望著手中的隕石，不敢置信，

『在我眼前，竟然是五百萬年前劃過天空的星光！』

彷彿整個宇宙的浩瀚，已被我握在手裡！

彷彿整個太空的奧秘，就藏在我的掌心！

我望著阿達，眼中有欽佩、有讚歎，更有無限感動，只有阿達，只有阿達可以想出這樣的禮物！

『詠晴，好了啦！』雞皮拍了我一下，提醒我：『換我和Wednesday這一組了。』

『好，登登登，光之耶誕趴踢最後一組交換禮物！』我做出麥克風的手勢，假裝訪問他：『請問雞皮先生，你準備的禮物是什麼呢？』

雞皮攤開兩手光光，一窮二白地說：『我的時光就是最大的禮物！』

『什麼意思？』我瞅著他看。

『時光有「光」啊！徐詠晴，我是大忙人耶，妳知不知道耶誕夜有多少美眉約我，我還能撥空出來，就是最大的禮物啦！』

『方濟平，你可以再不要臉一點！』我生氣地喊著。

『好啦好啦！故意的啦，我有準備啦！』雞皮求饒。

『快拿出來交換啊！』我催促著。

『不過我的禮物好像不是什麼禮物耶！』他怪不好意思。

『那不然是什麼？』

『是一首歌！我昨天熬夜一整晚，自己寫的歌！叫做〈兩光歌〉。保證舉世無雙、世界無敵！』

說完，雞皮清了清喉嚨，大聲地、很有節奏地『唸』起這首Rap歌曲！

『兩光歌

我荷包光光　我雙手光光　我兩光兩光

不過有一道光　就在我的前方

我想光明正大　我想光明磊落

可是這個世界　充滿光怪陸離

不是眼光太高　不是目光太低

不怕光陰似箭　總會豔光四射

我荷包光光　我雙手光光　我兩光兩光

不過有一道光　就在我的前方

我沒有光環　我沒有光芒

我輸得精光　我脫得光光

我兩光兩光　我前方有光

是黑暗之光　是天堂之光　是前方有光　是光在前方
一起歡迎光臨　關於我的兩光』

雞皮一口氣唸完，舌頭完全沒打結，流利順暢，滿屋子的人全都目瞪口呆，雞皮實在太……搞笑了！

好多光、好多光充滿在〈兩光歌〉裡面，霎時間照耀著整間屋子光芒萬丈！

『Wednesday，請問妳還滿意這個禮物嗎？』我問。

Wednesday淺淺笑著，回說：『誠意可感。』

然後Wednesday緩緩拿出她準備的禮物，雪白色閃亮亮的包裝紙，上面點綴著雪花亮片，繫上銀色的緞帶，纏繞成一朵華麗高雅的蝴蝶結。這個禮物包裝得好柔美、好聖潔，讓人一看心就柔軟了起來。我本來還擔心Wednesday會不會準備一把『閃閃發光』的剁刀之類令人不敢恭維的禮物，看來我是多心了。

雞皮迫不及待卻又小心翼翼地把禮物拆開。

『冰塊燈！』雞皮一看到禮物，眼睛登時亮了起來！他興奮欣喜地大叫：『我知道這個冰塊燈！這是北歐設計師Harri Koskinen的作品！我老早就想買一個了！』

在國外學視覺美學回來的雞皮，這個具有設計時尚感的禮物簡直是為他量身訂做。

雞皮侃侃而談：『之前我就看過報導，聽說這個冰塊燈製造難度很高，外面的玻璃磚要經過長時間的冷卻，如此才能夠承受裡面燈泡溫度的變化，不會產生龜裂。』

我們一同把燈開啟，黃色燈泡的光芒從晶瑩剔透的玻璃冰磚裡透出來，溫和無裂。冰塊燈，看起來就像是一個燈泡被瞬間凍結在冰塊裡，動彈不得。

冰塊燈，是寒冷的冰塊，又是提供溫暖的燈火。

冰冷的外表裹藏火熱的內在，亟欲綻放溫度卻又衝不破外層玻璃的阻隔，玻璃的冰紋讓光線靈活折射，融合溫度與冰點，是光，又不絕對是光，如此極端又矛盾的綜合體，好一個富有哲理又耐人尋味的禮物。

我深深注視著這個對比強烈的冰塊燈，然後抬頭望向Wednesday。

Wednesday蜷曲著雙腿偎在角落，臉上迷迷茫茫，她默默垂著眼，看起來若有所思。

有那麼一瞬間，我覺得她好似抽離了這個溫馨的時空，遁藏到一個不知名的地方，我不知道那個地方會是哪裡，但肯定非常冰冷，因為我看見她打了一個冷顫，旋即快速掩飾一閃即逝的哀愁。

我有些許不安。

也或許，這一切只是我的錯覺。

吃吃喝喝、笑笑鬧鬧，大夥都倦了。

酒酣耳熱之際，阿拉丁提議他要表演魔術給我們看。阿拉丁在各大幼稚園推銷幼兒教科書的時候，常常熱心表演魔術，越演越厲害，到後來甚至偶爾還會接秀表演！雖然是家庭溫馨趴踢，不過阿拉丁帶來的魔術表演一點也不馬虎，他自備斗篷，裝扮頗有一番懾人氣勢！

只可惜阿拉丁那些魔術把戲，我和阿香從大學看到現在，我一點興趣也沒有。

現場只有雞皮熱絡地回應著他。

『在我手裡是一千元紙鈔，看清楚喔！現在我用這支原子筆狠・狠・用・力戳下去！』

『啊！』雞皮慘叫著，『一千元破了！』

阿拉丁秀出被原子筆戳過去的鈔票，看起來真的破了，不過阿拉丁隨即洋洋得意地說：『我再變一次，馬上就可以把鈔票還原！』他將原子筆一抽，千元大鈔果然完好如缺！

雞皮可興奮了，興致勃勃不斷討教，阿拉丁又從雞皮身旁變出一朵假花，雞皮看得一愣一愣，皺起眉頭苦思著其中玄機。

有點微醺的阿香起身，走到品雄旁邊，『品雄，不好意思，跟你借你剛剛抽到的光良CD。』

阿香抽出音響裡原本播送的小野麗莎〈冬之歌〉，把光良的CD放進去。光良的歌聲乾乾淨淨，輕輕柔柔地飄送出來。

你哭著對我說　童話裡都是騙人的　我不可能是你的王子

也許你不會懂……

客廳裡，大家慵懶地倚坐在地板或沙發上，每個人或聆聽或低吟，全都陷入一種悵然的美好裡。

眼尖的我不小心看見，品雄溫柔地將手覆在雪莉的手上，雪莉沒有躲開，反而緊緊握住，雪莉仰起頭，依著品雄，露出一個柔美的笑容。

往另一個角落望去，看見阿香。這是阿香買來交換禮物的CD，她似乎聽得格外沉迷。〈童話〉唱完後，阿香起身，找到遙控器，按replay。還是〈童話〉。

你要相信　相信我們會像童話故事裡　幸福和快樂是結局……

我不解地望著阿香，聽歌的時候，阿香心裡面想念的是誰？肯定不是阿拉丁，因為阿拉丁就在她身邊，不需要想念，那麼阿香想念的人是快遞男嗎？

我不敢問她和快遞男現在的狀況如何。

看著阿拉丁真誠樂觀的笑容，想著他們九年的愛情長跑……

該和誰在一起，才是幸福快樂的結局呢？

我的目光偷偷瞄向阿達，阿達坐在離我遙遠的另一個角落，似乎很沉浸在音樂裡。聽歌的時候，阿達想念的是誰？是初戀情人嗎？還是哪一任他的最愛？他的最愛又是誰？他的回憶裡有誰？未來會有誰參與他的人生，攜手寫下共同的故事？想著想著，心裡湧起一陣揪痛的感覺！我竟對著不知名的假想敵吃醋了起來！

張正達，我可以是那顆點亮你夜空的星星嗎？童話故事存在嗎？只要相信就會存在嗎？相信童話的人，是天真還是幼稚？是清純還是愚蠢？

達達馬蹄可不可以不要是過客，而是歸人？達達馬蹄可不可以不要再是美麗的錯誤？

老天！這種情歌真是讓人一聽就感傷。

在光良的歌聲裡，阿拉丁停下了他進行中的魔術表演，走到阿香旁邊偎著她，像哄小孩那樣說話：『心事重重的女孩，要不要我說童話故事給妳聽啊？』

阿香輕笑著，沒有說什麼。

倒是在一旁的我，萬千感慨地說：『阿拉丁，我們早就過了童話故事的年紀了。不論我們相不相信，這世界上的確沒有天上掉下來的幸福……』

『如果有呢？如果真的有天上掉下來的幸福呢？』阿拉丁看著我和阿香，好認真的表情。

『怎麼可能會有天上掉下來的幸福？』阿香反問。

『對啊，怎麼可能會有天上掉下來的幸福？』我附和著。

『如果有呢？』阿拉丁再問一次。

『如果有……』阿香猶豫了一下，說：『如果有，那我一定緊緊握住！』

『妳說的？』

『嗯。我說的。』她肯定地點點頭。

『我變給妳。』

『變？』阿香困惑地望著他。

『魔術師什麼都變得出來！』阿拉丁信心滿滿。

然後，阿拉丁走到耶誕樹旁邊，抽出其中一顆今天晚上他帶來的愛心氣球，表情有點神秘又有點興奮。

他走到客廳中間，手中拉著氣球。

粉紅色的愛心氣球輕飄飄在半空中，大家全神貫注仰頭凝視。

我看得糊塗了，這是怎麼回事？阿拉丁要耍什麼把戲？變什麼魔術？

氣球不安地飄浮在空中，好似對自己成為趴踢中注目的焦點感到驚慌失措，阿拉丁走過來，和氣地對我說：『詠晴，借一下妳頭上的髮夾。』

『喔！好。』我趕忙把抽出頭上的髮夾拿給他，不知道一根髮夾能幫上什麼忙。

阿拉丁手裡執著細小尖銳的髮夾，故作懸疑地將它高高舉起，然後他閉上眼睛，口中唸唸有詞，彷彿有一陣白色的煙霧從他身旁四周慢慢彌漫起來，配合他的神秘黑色斗篷，現場氣氛詭異極了！

阿拉丁的雙手開始花炫舞動，表情凜然肅穆，就在我看得眼花繚亂的時候，突然，『砰！』一聲巨響！

氣球破了！

然後，幾乎就在同時間，一陣清脆的聲音響起。

有一個銀白色的小玩意掉落在地上，閃爍著晶晶亮亮的光芒，一連滾動好幾圈，發出滴鈴鈴的清音。

我們八個人，十六隻眼睛全瞪得好大好大，傻傻望著這閃亮亮的發光體。

等它緩緩靜止停歇，所有人屏氣凝神，面面相覷，這安安靜靜躺在地板上、閃耀著聖潔光輝的小玩意，不正是一枚……戒指？

竟然真的有……天上掉下來的幸福？

✻

『天上掉下來的幸福……竟然真的有天上掉下來的幸福！阿拉丁太神奇了！』我不可置信地喃喃說著，魔術師果然有辦法變回他的愛情！

此刻，我、阿香、雪莉正窩在我的房間，我仍處在深深的震撼裡，我想不只是我，除了預謀好的當事者阿拉丁，剛剛現場目睹一切的大家，應該全被震撼了！

現在客人們已經離席，Wednesday孤僻地悶回她的房間，我沒心思留意她了，反正她最近都這樣怪怪的，眼前當務之急的事情是阿香被求婚了！

『江美香，嫁嫁嫁！這麼浪漫的求婚還不嫁？』我興奮地起鬨。

阿香臉上透著喜悅，可是又略顯躊躇。

『阿香，妳找不到像阿拉丁這種男人了！讚！』我豎起大拇指說。

『我知道。』阿香點點頭，雙眼直直盯著放在桌上的戒指。

『那妳還考慮什麼啊！』

『我……』阿香欲言又止。

『好吧，妳說，妳現在跟快遞男到底怎樣了？剛剛聽光良的〈童話〉，妳想著快遞男嗎？』我語帶責備地質問。

阿香心懷愧疚點點頭，『這是他最愛唱給我聽的歌。』

我吸了一口氣，我真的，打從心底，深深、深深地同情著阿拉丁！

他剛剛求婚的女人，五分鐘前聽歌的時候心裡還掛念著另一個人！

我嘆口氣，『好吧！那妳現在打算怎麼辦？』

『我也不能怎麼辦，我和快遞男已經分手了。』阿香洩氣地說。

『確定？』我喜出望外，他們分手，我竟然很高興，我想我絕對是站在阿拉丁這國的。

『他畢竟年紀還輕，小我六歲，心還不定……』

『那不是正好？反正阿拉丁還在妳身邊，妳又多談了一場小戀愛，該有的浪漫也有啦，驚濤駭浪一場，不過總算風平浪靜！阿拉丁和妳感情穩定，值得依賴，現在嫁了不剛剛好？』

『事情沒那麼簡單……』阿香遲疑地說。

『什麼意思？』

『我只是忽然很有感觸，如果我和阿拉丁的感情是那麼牢不可破，為什麼我還會被快遞男吸引？是不是我們的感情本身就有一點問題？如果我和阿拉丁在一起一直覺得很滿足，為什麼和快遞男在一起也會覺得非常快樂？

『和阿拉丁交往了九年，結婚生子好像是理所當然的事情，可是結婚生子以後就會幸福快樂一輩子嗎？阿拉丁會對我好一輩子嗎？我好怕！真的很怕！妳也知道我膽小又保守，我忽然間一點下注的勇氣都沒有……』阿香深深吸了一口氣，又垮下了肩。

『江美香，妳什麼時候被我傳染了「沒完沒了多重思考症候群」啊？過去九年阿拉丁都對妳這麼好，也沒理由未來的日子會忽然對妳不好啊？』我為阿拉丁說情。

『詠晴，妳看我，』阿香指指自己，『像我這樣循規蹈矩、自以為對感情很忠誠的人，也曾經瞞著阿拉丁和快遞男交往，我不是不信任他，而是忽然懷疑起我們的感情，懷疑起人性的脆弱。』

『完了，你們的信任破局了！而且破局得莫名其妙！妳對他的不信任竟然是來自於妳自己的背叛，江美香，這樣對阿拉丁太不公平了！阿拉丁沒做錯什麼，但是他要承擔妳的背叛，還要承擔妳背叛後對人性的不信任，這對他簡直是雙重傷害，妳不覺得嗎？』我簡直為阿拉丁叫屈！

『詠晴，不要再責怪我了……』阿香看起來很難過的樣子。

『我……』我閉嘴了，再講下去，好像我要逼她結婚一樣。

『婚前恐懼症！』從剛剛就靜默在一旁的雪莉，此時開口了，像是醫生為病人寫下診療書那樣，為阿香的症狀下了診斷：『江美香，妳還沒結婚就開始害怕婚後會不幸福，妳罹患了婚前恐懼症！』

『這樣就是婚前恐懼症嗎？』阿香傻傻地問。

我可好奇了，『那，敢問雪莉大師，江美香現在病情如何？可有痊癒的跡象？』

『徐詠晴，這種攸關我終身大事的關鍵時刻，請妳不要搗蛋好嗎？』阿香拿起枕頭朝我大力打過來。

『唉喲！我很關心妳嘛！妳和阿拉丁都是我的好朋友，我當然希望你們幸福快樂啊！』我摸摸我的頭，真痛！

『叫我這樣嫁給阿拉丁，我內心也很愧疚啊！』

伊雪莉義正詞嚴地說：『不不不，妳應該想，經歷了快遞男的這一遭，妳終於頓悟阿拉丁的好，所以更加珍惜你們的關係。如果不是因為快遞男也無法彰顯出阿拉丁在妳身邊的價值，所以快遞男只是用來考驗你們情感的一個測試，如今妳通過考驗了，表示你們的愛情修成正果！』

『是這樣嗎？』阿香半信半疑。

『如果妳想快快樂樂的嫁，妳就要這樣說服妳自己！』雪莉回答，眼神無比堅定。

『何況，妳剛剛已經在眾目睽睽下答應阿拉丁了！』我提醒阿香。

『剛剛那種場面，我能夠說不嗎？』

『好啊，如果妳想拒絕，那妳現在就把戒指還給他，給他三重傷害：背叛、加不信任、加毀婚！阿拉丁真是倒了八輩子楣遇到妳耶！』

『天啊！徐詠晴妳不要再說了！』阿香整張臉摀進棉被裡，哀哀叫著。

『那妳哩？』我轉頭問伊雪莉，『那妳嫁不嫁？』

『嫁？嫁給誰？』

『當然是品雄啊！』

雪莉忽而緋紅了雙頰，嬌羞地說：『不要亂講，嫁什麼啊！』

『妳該不會還想嫁給志杰吧？』

『不要談我、不要談我！』雪莉求饒似地說著。

這世界可真奇妙！

阿香有人可嫁，她不嫁。

徐詠晴我很想嫁，可惜沒人可嫁。

伊雪莉，想娶她的，她不想嫁；她想嫁的，又不能娶。

這個姻緣到底是怎麼回事啊？月下老人肯定老番顛了！

『好！』我一骨碌跳上床，直挺挺站在床鋪上，一聲令下：『誰都不許嫁！』

然後我目光灼灼盯著阿香：『尤其是妳，妳要是不嫁，念在我們這麼多年的姊妹情誼分上，現在就把戒指送給我好了！反正妳也不需要這個戒指了，我拿去網路拍賣，正好補貼我浪跡天涯的旅費！』說完，我跳下床，一把伸手要去抓放在梳妝台上的戒指。

阿香這回又緊張了，她也敏捷地跳起來，先我一步，將戒指搶走！緊緊揣在懷裡！

我生氣了，伸手要去搶，斥喝著：『江美香，要給妳妳不珍惜，有人跟妳搶，妳又緊張兮兮！妳這女人怎麼這麼難搞定啊！』

『這世界上哪有一個女人是好搞定的！』伊雪莉爽朗地笑了起來，順手攏了攏她的蓬鬆長髮。

阿香小心翼翼呵護著她的戒指，再度將她的戒指放在藍色絲絨的禮盒裡，高高供在梳妝台上，彷彿這是一個至高無上的稀世珍寶，不容侵犯。

伊雪莉忽然想到什麼，拍了阿香的肩膀：『江美香，不如我來幫你們合個八字好了，再來排個紫微斗數、星座命盤，順便也讓妳問問塔羅牌，鐵定萬無一失，妳覺得如何？』

我不以為然地湊上阿香的耳朵，竊竊私語：『我遵從雪莉大師的指導，穿著粉紅色內衣褲都大半年了，一樁豔遇也沒有發生……』

阿香吃吃笑著。

伊雪莉隱約聽見我的耳語，氣得拿起一個枕頭，朝我大力拋過來，一個晚上連中兩個枕頭，我都快被打笨了！

笑笑鬧鬧，我們倒在床上，歪七扭八地睡了。

那枚魔術師費心變出來的戒指，是從天上掉下來的幸福。

一枚戒指，小巧的鑽石閃耀著至高無上的光輝。

在這個平安夜，訴說著一則神聖的誓言，一個永恆的期許，一個男人的擔當，一個女人的依歸。

在我們深深沉睡的黑夜裡，戒指緩緩飄浮起來，在半空中輕盈旋舞，它高貴的光芒引領著迷路夢中的我們踏上愛的密道，深深去探索，關於愛的真諦。

那些憂傷的、迷惘的，那些軟弱的、孤單的，開始思考與學習：

在愛裡承擔犧牲。

在愛裡何須憂傷。

在愛裡沒有畏懼。

愛的真諦，才是光之耶誕趴踢裡，最美麗的那道光！

10

第二天一大早八點不到，行憲紀念日不放假的我們都有公事要忙，阿香從我這裡直接去紡織公司上班，雪莉也匆匆回家，反正她就住在對面，梳洗打扮完，她也得要去看管婚紗店。

只有我，可以晚一些出門。阿香和雪莉離開後，Wednesday房間裡的鬧鐘響起，一響響了好久。

我知道現在是大學的學期末，Wednesday心理哲學雙修，期末報告特別多，常常熬夜到很晚，這陣子她悶悶不樂，也許也跟期末壓力大有關。

Wednesday向來是個自律甚嚴的女生，平常總是鬧鐘還沒響之前，她就已經起床，我鮮少聽到她的鬧鐘聲。今天倒是格外反常，鬧鐘響了好久，她的房裡沒有任何動靜。

『Wednesday？Wednesday？』我敲敲她的房門。

沒有人應門。

我推開門，看見床鋪整整齊齊，不太像是有人睡過的痕跡。

十二月二十五號，我搞不太清楚現在學生要不要上課，不過，我查看她貼在牆壁上的課表，這個時段Wednesday根本沒有課，那麼這麼寒冷的大清早，她會去哪裡？

我撥打她的手機，手機直接轉進語音信箱！

真讓人摸不著頭緒！

我想起她昨天晚上那一閃而逝的冷峻，又想起她這些日子以來的憂鬱，不知道為什麼打了一個冷顫！

從三月搬進來這裡，九個月的相處，她始終對人保持相當遙遠的距離，我一點也不瞭解她，只知道這是爺爺買給她的房子，偶爾她會回高雄爺爺家，不過次數很少，大概五根手指就可以數完。

說是有親人，但是從來沒人探望過她，我也從來沒有接過高雄親人打來的電話。

還有，Wednesday的父母呢？我只知道她父母『好像』在國外經商，關於她的一切，她總是用冷漠的態度回應，Wednesday整個人簡直像一團謎！老天，我一點也不瞭解她！而我們住在一起九個月了！

現在可好，人不見了，我連該問誰都不知道！

不可否認，我的心裡有點慌，又有點自責，我竟然對我的室友一無所知！

進了公司，我稍有空就撥Wednesday手機，不過始終跳進語音信箱。

Wednesday到底去了哪裡？Wednesday來自什麼樣的生長環境？Wednesday為什麼討厭星期三？Wednesday為什麼又修心理又修哲學？她想探詢什麼？她想理解什麼？或是她不懂什麼？她疑惑什麼？她又為什麼這麼冰冷？她為什麼不像其他十九歲的花樣少女，有夢幻的眼神和甜蜜的語言？

我又想起了冰塊燈，這不就是Wednesday嗎？極端的矛盾極度的冰寒，不過，她的心有溫度嗎？

我深深懷疑，因為我其實感受不到她內在的溫度……

所以，Wednesday比冰塊燈更冷，徹徹底底的冷！

我從來沒有一刻對一個人有這麼多這麼多、這麼多的疑惑，而且找不到半點解答的線索。

當然，我知道Wednesday不是小孩子了，但是我無法控制自己的擔憂，非常不安，一顆心沒辦法平靜，腦海裡盡往不好的地方想，越想就越不堪，越不堪又越不安，後來我乾脆整個人跳起來，我已經按捺不住，看起來，唯一能幫助我突破謎團的，只有伊雪莉！

大街上，持續溫馨的耶誕歌曲，叮叮咚叮叮咚……

越溫馨，我越焦急想哭，腳步越走越急，氣喘吁吁。

推開婚紗店的大門，婚紗店裡生意很好，有兩對新人正在洽談婚禮攝影事宜。

雪莉見到我，有些意外，將工作交代下去，就過來招呼我。

我氣急敗壞，劈頭就說：『雪莉，Wednesday失蹤了。』

『失蹤？昨晚不是還在？』

『妳也許覺得我多心，不過，我真的有很不祥的預感，真的，她這陣子特別悶悶不樂，大概從妳住院那時候開始，Wednesday就一直鬱鬱寡歡，昨天趴踢上，妳難道沒有發現她不時流露出一種很哀傷的神情嗎？』

雪莉聽我這麼說，眉頭也蹙了起來。

我繼續接著說：『她今天沒有課，鬧鐘響了很久沒人關，床鋪整整齊齊像是沒人睡過，我擔心，可是我發現我對她竟然一無所知，她整個人像一大團謎團，我竟然不知道可以跟誰聯絡！』

雪莉聽我一口氣說完，倒了一杯熱茶給我，『詠晴，妳別急，我打去她高雄爺爺家問問看。』

雪莉轉身跑去櫃檯翻找電話，我靜靜坐在角落等著，但願一切是我發神經、妄想症，其實Wednesday正在跟哪個小男生約會，或是飛回高雄擁抱爺爺！

雪莉面色凝重地回來，搖搖頭：『沒有，爺爺說Wednesday沒有回去。』

『那她會去哪裡？』

雪莉聳聳肩，安慰我說：『妳不要擔心，小女生難免會有情緒低落的時候，不過Wednesday一直是個堅強的小孩。』

『堅強？』我疑惑地看著雪莉，什麼事情需要一個十九歲的小女孩堅強？

雪莉深深沉思了一會，嘆了一口氣，然後推推桌上的熱茶：『外面天氣冷，妳先把這杯熱茶喝了，我帶妳看個東西。』

『好！』我一口氣咕嚕嚕灌下肚。

『妳跟我來！』

雪梨起身，帶著我走向樓梯，走到地下室。

『我不知道這裡還有地下室。』

『只是一個儲藏室，我把一些雜物堆放在這裡。』

雪莉邊說，邊帶我走進儲藏室。儲藏室裡，有幾個華麗的空相框立在角落，幾捆色彩柔美的紗簾布幕，還有幾個光溜溜的塑膠模特兒人形。

在走道最盡頭堆疊幾個大紙盒，雪莉彎下腰，翻動著這幾個大紙盒。

『這些是？』我不解地問。

『這些是大幅照片，含相框的，放在這裡的是沒有來領貨的。』

從最底下，她抽出一個塵封已久的大紙盒，大約有二十吋那麼大。

她撣了撣上面的灰塵，有些感慨地說：『大部分沒來領貨的照片，隔了一陣子我們就會處理掉，只有這一幅，七、八年過去了，我始終不知道該如何處置……』

雪莉把這個大紙盒遞給我，我接過來，將它平擺在旁邊的桌上，我困惑地看著這個紙盒，雪莉示意我：『打開看看！』

我將紙蓋打開，眼前出現一幅三個人的全家福，相框是奶白色鑲著金邊的高級框，一看就知所費不貲。

全家福裡，是一對年輕夫妻與小女孩。爸爸穿著筆挺的西裝，一派正經，看起來充滿年輕有為的自信；媽媽站在爸爸的後方，一雙手溫柔地垂放在爸爸肩膀上，看起來能幹優雅，巧笑倩兮，有一種好柔媚的氣質，這對夫妻是極好看的一對璧人。

親暱坐在爸爸腿上，雙手攔著爸爸脖子的小女孩，好眼熟，但我不那麼確定，我疑惑看著雪莉：『這個小女孩是？』

『Wednesday！』雪莉回答。

照片上的小女孩沒有煙燻妝，沒有打滿了洞的耳環鼻環，幼白稚嫩的臉上，透著甜蜜童真的笑容，和現在的Wednesday截然不同，是好多年前的照片。

好一幅『我的家庭真甜蜜』的全家福！

『這是Wednesday和她的父母！』雪莉解釋。

『全家福照片為什麼放在這裡？為什麼不拿回家？』我不解問著。

『先上去吧！到樓上講，地下室空氣差，我慢慢講給妳聽！』雪莉不疾不徐地說著。

坐在樓上雪莉私人的辦公室，雪莉沏好一壺花草茶，安頓好外面的業務，還交代店員不要進來打擾，彷彿這會是一個很長的故事，需要安靜的空間秘密而悠長地訴說。

『算算時間，約莫是七、八年前吧，那是我創業開婚紗店的第一年。

『有一天午後，Wednesday的父母帶著從高雄上來的爺爺奶奶一起來我店裡拍全家福，他們看起來非常有教養，很和氣的一家人。我和他們非常聊得來，那是他們第一次來我店裡拍照。

『Wednesday的父母在台北開貿易公司，同時投資許多房地產，事業經營得有聲有色，家境很優渥。不過也因為事業忙碌，無暇照顧小孩，Wednsday從小就跟爺爺奶奶住在高雄，算是隔代教養長大的小孩，爺爺是中文系教授退休，常常敦促Wednesday讀詩詞、寫書法。

『Wednesday的媽媽很熱心，幫我介紹許多政商名流來拍婚紗，我和她也變成好朋友，她常常過來聊天，有時候她帶Wednesday來台北玩，也會把Wednesday帶過來，所以我和Wednesday才會這麼熟。』

『聽起來是多麼完美的一家人啊！』

『可是Wednesday是很孤單的小孩，即使媽媽有時候將她帶上台北，但是大部分時間她都將Wednesday孤零零放在我這裡。她媽媽亮麗大方、活潑外向，社交活動太多了！不是每個場合都適合帶小孩子出席的！不過我跟Wednesday特別投緣，我很喜歡和她處在一起。

『後來，隔了一年，耶誕節要過節之前，Wednesday的父母承諾要跟Wednesday一起過耶誕節，Wednesday興奮好久！畢竟她的父母不曾跟她一起慶祝過耶誕節，而小朋友們最期待的節日就是耶誕節啊！』

『然後呢？』

『然後在耶誕節前，她父母帶著Wednesday來拍全家福，這一次沒有爺爺奶奶，只有他們一家三口，也就是妳剛剛在地下室看到的那一幅。』

『拍得很好、很幸福啊！為什麼不領回？』我不懂。

『我們說好，一個星期後可以拿照片。而且這個星期就讓Wednesday住在我家，我帶她四處走走，感受一下台北過耶誕節的氣氛。拍完照的隔天，她的父母到南投去處理一大筆的土地交易……』雪莉說著，從包包裡抽出一根煙，每當她要抽煙的時候，我就知道她的心情憂鬱了起來。

雪莉說：『那時候清靜農場的休閒事業剛開始興起，他們家有一整片土地可以買賣，他們選訂好日子下去簽約，也考察一下當地別的發展，那幾日低溫大霧，天氣冷、氣候差，山裡的霧氣更是迷濛，在回來的途中，一個山路轉彎，不小心……』雪莉的話沒說完，我已經尖叫起來，『怎麼可以！』

『就這樣……』雪莉感慨地說，『所以再也沒有人來領回這最後一張全家福。』

『怎麼會這樣？』我喃喃自語，完全不敢置信！

『那一天是星期三！』

『啊！』老天！

雪莉彈了彈煙灰，灰燼掉落在煙灰缸裡，無聲崩解。

『爸媽離開前殷殷承諾：「星期三喔！爸爸媽媽星期三就會來接妳喔！」所以星期三一大早，Wednesday穿得漂漂亮亮，在窗口盼啊盼！等啊等啊，等著爸爸媽媽要回來接她，可是爸爸媽媽還是食言了……』

『所以Wednesday叫Wednesday，但是Wednesday又討厭星期三！』我恍然大悟！

雪莉點點頭：『大概就是這樣吧！不想忘記，卻又十分痛恨。妳知道嗎？Wednesday自始自終沒有掉過一滴眼淚，那年她才十二歲吧！所以我說她堅強……，雖然我覺得這樣壓抑其實很不好！』

『Wednesday告訴我她父母在國外經商。』

『也許她從來沒有接受父母已經過世的事實。』

『後來呢？』

『後來Wednesday的奶奶受不了打擊，沒多久也過世了。面對親人一一離去，爺爺好像變了一個人，變得相當封閉與冷漠，幾乎沒有氣力去關懷這個小孫女。Wednesday念完國中，直接轉上台北念高中，她上台北念書的學校正好離我住所不遠，爺爺知道Wednesday和我很親近，乾脆託我幫忙找房子，就買了現在妳租屋的這一間，妳是Wednesday的第一個房客！』

『難怪！難怪她不常回高雄，難怪爺爺從不打電話給她！』

突然之間聽到這樣的故事，突然之間明瞭Wednesday所有的身世，而且還是這麼戲劇化的身世，我完全不知所措，整個人愣愣呆呆的，不斷反覆思索這一路來和Wednesday的相處。

她的冷傲、孤僻，她的生疏、叛逆，她的聰慧、機敏。

當然還有這一切我無法承受的她的不幸、她的悲哀、她的傷痛。

『我不能理解，現在世上只剩下爺爺和她相依為命，爺爺怎麼忍心這樣冷漠對待她？』

『好與壞本來就是轉念間，爺爺還沒轉過來，誰也幫不上忙！爺爺年紀大了，兒子又是獨子，或許他需要比較長的時間去療傷吧！Wednesday失去雙親，爺爺失去的是獨子、媳婦還有牽手一輩子的太太，如果爺爺處理自己的傷痛都自顧不暇，怎麼可能還有心力顧慮到Wednesday？

『可是對幼小的Wednesday來說，她失去的是全世界！先是沒有爸爸媽媽，後來失去奶奶，再來又失去爺爺！』我好心疼，好心疼，『本來是這麼幸福的一家人，怎麼會因為一場意外……』

伊雪莉沉吟一會，慢慢緩緩地說：『其實……不論意外有沒有發生，Wednesday注定都要失去這個家的！』

『什麼意思？』我聽得迷糊了。

雪莉又抽出一根煙，她今天的煙癮比往常都大了許多！

『在意外發生前，Wednesday的父母才剛剛辦妥了離婚。』

『為什麼？』我驚叫。

『唉……他們的分離是不意外的，先生常常飛國外，多金幽默，難免會認識一些別的女人，Wednesday的媽媽活潑健談，自然也不乏追求的對象。所以，分不清誰先誰後，說不出誰對不起誰，是兩方都想要自由吧！』

『那Wednesday怎麼辦？』

『據我的瞭解，他們原先打算就讓Wednesday繼續給爺爺奶奶撫養，反正Wednesday本來也就是爺爺奶奶養大的。兩人有空還是可以回去探望她，就生長的模式來說，Wednesday看起來並不會受到牽連，一切都跟以往一樣。然後這兩人好聚好散，從此各自去追尋他們的幸福。』

『太自私了！』我的眼眶一瞬間紅了起來，內心裡的不捨，一層又一層蔓延開來。

『Wednesday根本不知道她父母的婚姻已經結束，也不知道父母即將離她遠去，還以為仍是甜蜜的家庭，爸爸媽媽就要來帶她過耶誕節了！』

『我更不懂了，如果他們都已經離婚了，又為什麼還要拍全家福？這有什麼意義？』

『Wednesday的媽媽對我說，以後也許再也沒有機會這樣三個人一起拍照了，她希望無論如何可以給Wednesday最後一個美好的回憶！』

『這樣美好的回憶可真「美好」！』我譏諷地說著，內心有個聲音不甘地在吶喊：殘忍啊！好殘忍啊！

『幸福這東西，說崇高很崇高、說自私也很自私。當我們為別人追求幸福的勇氣喝采的時候，可能有人正為了這個追求暗暗哭泣。一心望著前方幸福的人，是聽不見後面哭聲的吧！』雪莉有感而發。

『我不打算告訴Wednesday真相，終其一生，我希望她都不要知道這個殘忍的事實，不要知道她的父母在意外拋下她之前，早就已經有意要離開她。

『詠晴，妳說，到底是哪一種傷害比較大？「父母相愛，但是車禍喪命，意外遺棄了她」，還是「父母離異，但是快樂活著，刻意遺棄了她」，到底是哪一種狀況傷害比較大？』雪莉無奈、無解地望著我。

我四肢冰冷聽著這一切，全身打了一陣哆嗦！

我無法回答，因為Wednesday面對的真相，是選項中所有不好的交集，父母離異、刻意拋棄、意外喪命，是雙重遺棄，是傷害中的傷害！

過了好一會，我才緩了緩情緒說：『她的父母為了自己的幸福，犧牲了Wednesday的幸福，真的太自私了。雪莉，這不光是個人幸不幸福的問題，而是牽涉到撫養孩子的責任，我不懂為什麼她的父母能夠這樣輕而易舉說放就放！』

『詠晴，妳不可否認，在這個社會上，許多人和妳是不一樣的價值觀，有人把家庭看得很重，有人把自由看得很重，有人把子女看得很重，有人把事業看得很重。每個人都不一樣。

『也許她的父母覺得，給予她優渥的環境就是最好的教養，也許她父母覺得提早獨立也沒什麼不好，也許她父母覺得，一對怨偶不如兩個快樂的父親母親來得更好，也許她父母覺得……』雪莉一逕搖頭嘆氣：『唉，這個問題我也參不透，我也不懂、很不懂……』

『那Wednesday呢？有沒有人問過她要什麼？期待什麼？有沒有人在意過？有沒有人認真關心過？有沒有人熱烈擁抱過？明明有個家，卻像一個流浪的小孩，那麼孤單無助……』

說著說著，我忍不住全身顫抖起來，我的聲音越來越微弱、越來越沙啞，一陣酸楚湧上心頭。

有沒有人在意過？

有沒有人認真關心過？

有沒有人熱烈擁抱過？

徐詠晴，妳們住在一起九個多月，妳有沒有在意過？妳有沒有認真關心過？妳有沒有熱烈擁抱過？

我低低垂下頭，豆大的眼淚一顆一顆，撲簌簌地流了下來……

這一夜，雪莉早早將婚紗店的大門拉下，和我一起回家。

Wednesday的手機持續關機。

我們在她的房間翻了翻，找到一本只有寥寥幾個人名的通訊錄，循著電話一個一個撥打，要不就不通，要不就轉語音信箱，要不就是有人接但是沒人知道Wednesday的下落。

『要不要開她的電腦查查看？』我問。

雪莉考慮了一下，『先不要吧！』

『要不要報警？』我又問。

『耶誕節，年輕人相約出去玩稀鬆平常，警察可能覺得我們大驚小怪。』

的確，從早上到現在，其實也不過『手機失聯』十多個小時。

半夜十二點多，天空開始下起了雨。

稀哩哩、嘩啦啦，從綿綿小雨開始，雨勢漸漸強勁，變成了滂沱大雨。

我推開窗，蕭瑟的冷風大剌剌灌送進來。

『好冷、好冷的一個耶誕節！』我打了一個寒顫。

『廢話，妳把窗戶開這麼大，怎麼會不冷！』雪莉走過來，啪一聲把窗戶關了。

半夜一點多，雨持續下著，我們在屋內，只開了一盞微弱的燈，沒有音樂，聽著雨聲。這樣一籌莫展的感覺讓人焦煩鬱悶，每隔一陣子我就要起來走動一下。

『詠晴，拜託妳過來坐著，妳這樣走來走去，我的頭很昏。』雪莉沒好氣地說。

『伊雪莉，為什麼妳這麼鎮靜？為什麼妳一點也不緊張？在這個觸景傷情的節日，妳難道不害怕她……她……』我說不出口，怕一說出口便成真。

雪莉篤定地說：『因為我瞭解Wednesday，她不會亂來的！她知道再怎麼樣，也還有我……』雪莉停了一下，目光溫柔地注視著我，『還有「我們」……在關心她。』

『她知道嗎？她真的知道嗎？』我揉揉眼睛，眼眶又紅了起來。

我看著沙發旁邊的書報匣，Wednesday知道我最崇拜愛倫的〈愛情觀測站〉，所以總是貼心地幫我留下這個專欄，整整齊齊收集疊好。

我上班比較忙，常常丟三落四，她打理家裡，有條不紊。

這個家裡充滿我與Wednesday的身影與回憶，Wednesday妳在哪裡？Wednsday妳快回來啊！

半夜兩點多，門口傳來鑰匙插進鎖頭的聲音。

我整個人登時從沙發上彈跳起來！

門還沒被旋開，我三步併作兩步衝過去，一把將門打開！

站在門外的，正是朝思暮想的Wednesday！

Wednesday一臉愕然地望著我，她渾身上下全濕透，雨水沿著髮絲滑下，垂在髮梢，滴滴答答落在地板上。

我撲上去，一把大力將她攬進我懷裡，又驚又喜又氣：『妳跑去哪裡？妳跑去哪裡？』

『我……我……』Wednesday一時間傻了，為之語塞，過了一會才垂下眼，小小聲囁嚅地說：『幹嘛要等我？』語氣聽起來像責怪，但好似又有一點是歉意與壓抑。

她咬咬嘴唇，抬頭看著我們，看著我和雪莉的擔憂、緊張、焦急，看著我和雪莉的關心、憐惜、疼愛，她一雙大眼睛深深深深地盯視著我們。

然後她憋著氣，大力深呼吸，直到再也按捺不住，眼眶迅速潮紅起來，所有的偽裝一瞬間潰裂，她『哇』一聲爆哭了出來。

『我從來沒有過這麼溫馨的耶誕節，我我……我不知道這麼溫暖該怎麼辦？』她就直挺挺站在客廳的入口，邊哭邊說著：『雪莉生病的時候，我也不知道該怎麼辦，我很害怕，怕雪莉也突然消失啊……』

Wednesday嚎啕大哭，煙燻妝的眼影花糊一片，一把眼淚一把鼻涕，似乎要把這些年來強忍的所有悲傷一次哭盡，要把這些年來隱藏蓄積的所有淚水傾瀉而出！

我和雪莉嚇壞了，好心疼好心疼，兩個人在她旁邊又抱又哄，又遞面紙，又拿毛巾幫她擦乾濕答答的頭髮，畢竟是一個還不滿二十歲的小女孩呀！

『哇啊！』她哭一哭，突然孩子氣地嚎啕大喊：『徐詠晴妳是全世界最討厭、最討厭的討厭鬼！』

我？我怎麼了？不管啦！哭的人最大！

『好好好，都是我的錯，都是我不好……』我連聲安撫。

她稍稍平復，瞪著我看，責備地吐出一句：『那麼溫暖做什麼？』

我和雪莉對看一眼，忍不住吃吃笑了出來。

後來我們才知道，Wednesday在耶誕趴踢後，整夜不成眠，她好想念好想念她的父母，於是天光未明的清晨，她已經悄悄搭上前往南投的巴士。

她想，這是爸爸媽媽在人間最後出現的地方，也許可以離他們近一點吧！

輾轉到了清靜農場，從意外發生到現在，她從來沒有勇氣去面對，也不想面對。這麼多年過去，不記得確實出事地點在哪裡，她只是在那裡晃啊晃、走啊走，沒有目的地，任自己在山霧森林裡漫行。

走累了，找一間位在山腰的歐式木屋咖啡廳，一個人安靜地喝一杯咖啡，耳邊繚繞著溫馨的耶誕歌曲，一首唱過一首。

咖啡廳裡中庭聳立著一棵巨大的耶誕樹，店家提供許願卡，每個人都可以掛上耶誕願望。

Wednesday喝完咖啡，走到耶誕樹前，一一翻看小朋友們的願望，小朋友的字跡歪歪扭扭，有些連國字都還不會寫，只會使用注音符號。

『我希望我快點長大，可以養小狗、小雞。』

『我希望考試都考一百分。』

『我希望姊姊不要跟我吵架。』

『我希望希望真的有聖誕老公公，這樣我就會有聖誕禮物了。』

這些願望童真有趣，Wednesday一邊看，一邊嗤嗤笑了出來。Wednesday小時候的願望是什麼呢？她希望爸媽陪她過耶誕節，她希望有一個快樂耶誕，從小一直盼，盼到有一天，父母答應了，抽空了，可惜最後還是落空了。

所謂的願望是什麼呢？

願望是內心的渴望，是現實中不存在的想像，是一個美好的意念。

願望不能實現，不需要覺得失望。

因為在現實狀態裡，這個願望本來就是不存在的。

所以願望可以期許，但不能強求。

她忽然覺得心裡很平靜，說不上歡樂，也說不上哀傷，也許有淡淡的愁緒，可是似乎也不太強烈。她相信總會有那麼一天，全家人會一起過耶誕節，只是時間沒那麼快，還要等她長大、成熟、老去，不過，會有那麼一天的！

又或者，她應該去思考一個哲學課題：『凡事相信，便存在。』

只要相信，此時此刻，她的父母正用輕盈霧氣擁抱她，正用耶誕之光溫暖她，正用童真願望取悅她，不然，她為什麼會不自覺到來到這裡？為什麼會經歷這一切？

只要相信！只要相信！那麼此時此刻，全家人已經齊聚這山林中的小木屋，一起歡度耶誕節了！

又或者，她更該去思考，無論如何，即使他們不屬於同一個人間，但仍屬於同一個宇宙不是嗎？

天上與人間，都包含在無盡的宇宙裡，於是一家人還是在同一個時空中，只是彼此站得距離比較遙遠。

天上與人間，不過是一顆星星的高度。

她跟店家要了一張許願卡，也想試著寫下一個願望。

她拿起筆，思索了一會，開始寫著……

『寫什麼？』我湊上臉，迫不及待想知道。

『我寫……』Wednesday才要說，馬上又住嘴，板起冷冷的臉：『幹嘛要告訴妳！』

『唉喲，告訴我嘛！』我哀求。

『不說！』她抿緊嘴，態度堅決。

『好嘛！不說就算了，』我自討沒趣，『那後來？』

『後來，我喝完咖啡就慢慢搭很久的車子回來啦！』

『就這樣？』

『就這樣。』她點點頭。

就這樣？大老遠坐車到南投，上山喝一杯咖啡又大老遠坐車回台北？她輕描淡寫，好似這一路慢行自然而然發生，不足為奇。

伊雪莉此時用半責怪、半開玩笑、半命令的口吻說：『Wednesday，以後麻煩妳的手機要開機，妳有一個神經質室友，隨時要查勤！』

『我都這麼大了！』她大叫。

『是啊！我就說妳都這麼大了，不用擔心，她還是神經兮兮，我都快被她搞瘋了！』雪莉一副吃不消的樣子。

Wednesday狠狠瞪著我，可是嘴角藏不住一抹笑意，『我從她搬來的第一天就知道她是個敏感神經質、嚴重情緒化、歇斯底里、不可理喻的的女人。』

『有這麼嚴重嗎？』我高聲抗議。

雪莉笑彎了腰。

Wednesday故作高傲，冷冷說了一句：『不過，徐詠晴，我告訴妳，我沒有後悔把我的房子租給妳。』說完她自己洩底笑了出來，然後她轉身要回她的房間，才走到一半，復又轉頭，語帶曖昧地宣布著：『從今天起……我准許妳帶男人回來過夜了喔！』

她俏皮地對我眨了一下眼睛！

我愣了一會兒，這整個黑夜的濕冷迷霧陡然散去。

冰塊燈！冰塊燈是有溫度的，我看到了，從冰塊燈裡面透露出來的微光！

無論多麼微弱，只要有光，就能夠散發溫度！

就是這道光！就是這道光啊！

11

耶誕節過後，沒幾天就遇上跨年。

五、四、三、二、一！

砰！砰！砰！台北一〇一的煙花燦爛。

Happy New Year！

新的一年，在一個呼吸間，翩然到來。

每年的第一天，都以為將是一個嶄新的開始，後來又會用剩下的三百六十四天去證明其實這一年與去年、前年，往常的每一年一樣，沒什麼不同。

很快地，二月到來，農曆年也到來。

阿達趁著過年假期飛去夏威夷探望出嫁的姊姊，過年加上全部的年假，他這一去竟去了三個多星期，害我怪思念他。

阿拉丁原本以為在過年前，他和阿香的婚事可以大事底定，沒想到阿香竟然跟他說，她現在還沒做好心理準備。

『到底還要準備什麼？我們不是已經準備九年了嗎？』阿拉丁抓著頭，沮喪地問我。

我實在不知道怎麼安慰他，只能拍拍他，告訴他，九年都等了，也不差再多等一點點，好事總是多磨嘛！

過年時候，聽說志杰真的回台灣了，不過他是專程回來全家團圓的，要陪老婆、孩子，我不知道雪莉有沒有和志杰碰面，不過我知道品雄的媽媽熱情邀約雪莉到關西老家再一次採收橘子，雪莉沒有拒絕。

很快地，陽明山的花季來了。

從第一陣微涼春風吹起，我陷入一種不可開交的忙碌，上班、採訪、寫稿、下班、洗澡、睡覺。然後每天睡覺前，有件奇異的事情開始發生，當我躺在床上，望著頭頂上的世界地圖，地圖便開始靈魂出竅，慢慢從天花板浮起一層透明薄景，緩緩飄下來，飄到我的眼前，地圖的靈魂立體清晰呈現在我面前。

然後太平洋、大西洋、印度洋……

美洲、非洲、亞洲、歐洲、大洋洲……

三大洋、五大洲一一開展。

我納悶著，地圖在幹嘛？為什麼派它的靈魂不斷在睡前召喚我？

就這樣連續十幾天，有天晚上我忽然懂了！

地圖要說的一定是這件事吧！

從小我的夢想是走到地球最遠的盡頭、去感受世界上最溫暖的陽光，不過工作這些年來，我僅短暫旅行過泰國、香港、峇里島，最遠的行蹤只到過北海道。

想著自己在這份工作已經五年了……

未來另一個五年，我還是會在同一個地方嗎？

每天每天，我還是持續上班、採訪、寫稿、下班、洗澡、睡覺嗎？

我需要的是一段假期？還是一個長一點的旅行？

還是一個巨大的轉變？還是一個未知的探索？還是一個不知歸期的漂流？

一成不變的生活，什麼時候是最好離開的時刻？

還是只要決定了就是最好的時刻？

一定要存到一百萬才能去浪跡天涯嗎？

誰說的？誰規定的？

咦？誰？

這麼一問，自己被答案嚇了一跳！

是我自己耶！既然是我自己訂的，我也就可以自己修改啊……

對啊！笨！我忽然有一種大徹大悟的感覺！旋即整個人又有一點激動，長久以來覺得遙不可及的夢想，現在似乎伸手輕觸就可以達到，忽然有一種不真實的感覺。是啊是啊！誰規定一定要存一百萬呢？

我整個人從床上彈跳起來，翻出我的存摺簿，思索了一下。然後我坐到書桌前，打開電腦，開始寫起辭呈。

一邊寫，一邊又猶豫了起來，我已經有勇氣了嗎？

做好準備了嗎？可以拋下一切了嗎？

我行嗎？

怕自己是一時衝動，寫好後，我又將它壓在書桌過了兩週。

這兩週，地圖的靈魂不再出現，因為我已經將地圖撕下，放在我的書桌上，每天晚上在桌燈下細細探索，這世界上，最・溫・暖・的・陽・光・該在哪裡？

兩週後，沒有太多掙扎，我平靜地遞上了辭呈。必恭必敬站在瞪爺的辦公桌前，等他閱讀我的辭呈，辭呈的最後一段是這麼寫的：

『親愛的瞪爺，謝謝你這些年來的包容與愛護！說再見，是因為深信在生命的道路上，我們必有再相見的一天。當我奔赴遠方的時候，我已將祝福留下。天涯海角，都會捎來我的想念！』

瞪爺蒙著頭審閱辭呈，明明我寫得就不長，不知道為什麼他埋首這麼久，很久以後，他緩緩抬起頭，眼眶濕濕的，語帶哽咽地說：『這是我見過最浪漫的辭呈！』

我嚇了一跳，瞪爺的心，什麼時候變得這麼柔軟？

『詠晴，妳都想清楚了嗎？』瞪爺柔聲問著。

我肯定地點點頭，臉上帶著堅定的笑意。

瞪爺拍拍我，沒多說什麼。

離職前，瞪爺派給我做的最後一個採訪，是『神秘名人家居生活大公開』，我竟然要去採訪連續三年蟬聯讀者最愛專欄〈愛情觀測站〉的作者愛倫！

老天！愛倫耶！兩性專家權威耶！

我的偶像、我的女神！

這絕對是我在《溫暖・家》雜誌社最完美的句點。

愛倫堪稱最瞭解男人的女人，年度最受歡迎的專欄作者，從來沒有人目睹她的真面目。一路上我興奮猜測，不知道她是高是矮？是胖是瘦？是青春貌美還風韻猶存？

當我懷著忐忑興奮的心情來到位在陽明山的高級花園洋房，愛倫為我開門，我才發現……她她她……竟然是個他！

『你是愛倫嗎？你真的是愛倫嗎？你怎麼會是個男的？』我盯著眼前風流多金的帥哥，下巴差點沒掉下來。

『這一切都是誤會……』他苦笑。

原來，愛倫的英文名字叫Allen，他原本無意假扮女性的身分寫稿，是一開始報社編輯錯將『艾倫』打成『愛倫』，後來專欄一炮而紅，將錯就錯，竟變成最瞭解男人的女人。

我在驚訝連連中進行採訪，當天採訪快結束的時候，更讓人驚駭的事情發生了，有個女人氣沖沖破門而入，驚天動地摔爛了他客廳裡高檔昂貴的藝術品，情緒失控地脫下高跟鞋追著他打！

我的下巴簡直快掉下來了！

我不知道女人受到了多少委屈，只聽見她嘴裡不斷咒罵：『你這個愛情大騙子！』這齣荒謬的鬧劇我看得瞠目結舌，女人走後，我簡直不知道要如何進行這個採訪。

愛倫卻是兩手一攤，面帶無辜地辯解：『我怎麼會是兜售幸福的愛情騙子？我的甜言蜜語都是真的，只是不持久而已！如果有一天我改變了，我就不是真實的我了！如果我不是我了，女人愛上的就是虛假的我，那才是天大的謊言啊！徐小姐，妳說是不是呢？』

我驚愕地望著他，一股火氣莫名衝了上來，這番真誠的表白實在太欠揍了！我懷疑他罹患了嚴重的『愛情軟弱症』！

老天！這竟然是我日捧夜讀、奉為圭臬的愛情專家！我有一種情感嚴重受到欺騙的感覺，匆匆結束這個採訪，倉皇離開這幢矯揉造作的花園洋房。

哼哼，從今以後，我再也不相信什麼兩性權威了！

✽

最後一個採訪結束。

最後一篇稿件交稿。

離職前，好多『最後』要完成，直到最後一天進公司。

最後一天進公司整理文件，看見桌上擺放著一封我的航空包裹，厚厚的、重重的，裡面該是放了一本厚實的書籍，寄件地點是美國紐約。

寄件人竟是，艾・瑞・克？

我很納悶，這個人的名字，幾乎快要從我腦海裡消失了！

郵件被放進有著泡棉的大信封袋裡，看起來艾瑞克很細心地包裝它，希望這份郵件獲得妥善的保護。不過漂洋過海，仍是經歷了一番波折，因為四周邊角有些水漬染印的痕跡。

我拿起剪刀，細細地裁剪開來，他會寄什麼東西給我？我實在太好奇了！

我將這本書籍抽出來，才發現原來不是一本書，而是一本攝影展覽的紀念冊。

長方形墨黑色的攝影集子，厚實的紙材，典雅的風格，上面寫著展出地點在紐約Soho區的一間藝廊，展出時間正是不久之前！

翻開扉頁，第一張印入眼簾的是多麼熟悉的景象，一整片火紅的滿天彩霞，漁人碼頭的燈光火亮起，長長的堤岸無盡延綿。

我快速匆匆瀏覽，有一個女人的身影重複出現，翻過一頁，又是一頁。

我瞪大了眼睛，呼吸變得急促起來，簡直不敢相信，這個攝影展的女主角，竟然是……我？

蹙眉的我、大笑的我、沉思的我、憂鬱的我、風吹亂頭髮的我、漫步在沙灘的我、奔跑在堤岸的我、凝望著夕陽的我……

是我！

每一張都是我！

這是艾瑞克離開前一天，我陪他到淡水拍夕陽！那一天，他拍了夕陽，更拍了許多、許多的我！

我深深地、專注地凝視著每一個瞬間的我，彷彿也看到了艾瑞克用怎樣的情感注視著我。

我雙手顫抖地合上相本，這才發現，攝影集的封面，印製著這個展覽的主題，含蓄優美的字形，高貴燙金的字體，上面悠悠揮灑著：

『She Walks in Beauty.』

是那首拜倫的詩呢！

艾瑞克、我、拜倫、淡水夕照，融合成一個美好的回憶，如今這個回憶變成了公開的展覽，向世人宣告一場意外的美麗邂逅。

我把攝影集捧在懷裡，閉上眼睛，那個傍晚淡水潮來潮往的聲韻，一波一波迴盪在我心裡，久久不能平復。

艾瑞克啊！艾瑞克，七天的交會，竟交集成這本美麗的攝影集，我心滿意足地笑了！

還沉浸在感動的情緒裡，ＭＳＮ上傳來阿達的訊息。

達達馬蹄：最後一天上班？

今天天氣晴：對啊！這是最後一次和你在上班的時候ＭＳＮ了。

達達馬蹄：很捨不得吧？

很捨不得，真的很捨不得，捨不得工作捨不得家人捨不得慣常的日子捨不得這一段歲月，捨不得捨不得……阿達……

今天天氣晴：心情很複雜，好像人生一瞬間發生好多事情。有一點興奮，又有一點惶恐。

達達馬蹄：做了決定，就不要想那麼多囉！

他仍是一派輕鬆的口氣。

我沒來由地感覺一陣失落。儘管我知道自己沒有立場失落。

今天天氣晴：你呢？你好嗎？你從夏威夷回來後，我們都還沒有時間好好聊聊……

張正達，為什麼我們沒有時間好好聊聊？

因為你那麼忙，因為你不急著找我，因為你從不熱切想見我，因為你一直保持距離，因為你一直讓我處在霧裡，因為我總是摸不著頭緒……

達達馬蹄：唉，請了長假，回來公司的事情就會特別多、特別忙。

我看著螢幕，不知道這是解釋還是藉口。

知道我離職，知道我即將遠行，阿達沒驚訝也沒惆悵，平平靜靜聽著，平平靜靜沒吭一聲，好似一點也不關他的事。

不過我這樣說也是很不講理的，因為本來的確也不關他的事，我又不是他的誰？我的事與他有何相關？

正因為一點都不相關，正因為一點關係也沒有，我連覺得失落的權利都沒有。

雖然如此，我還是問了：

今天天氣晴：那……對於我的決定，你有什麼想法？

張正達，你難道沒有一點捨不得？你難道沒有一點要挽留我的意思嗎？

隔了很久，螢幕慢慢地傳來回應。

達達馬蹄：想飛就去飛吧！

我嘆了一口氣。並不意外獲得這樣的答案。

今天天氣晴：嗯，謝謝。

達達馬蹄：我為妳餞行好嗎？

今天天氣晴：好，等事情都辦完，找一天讓你請客囉！

要離開工作這麼久的地方，難免依依不捨，瞪爺親自出來送我，手裡拿著一個紅包要給我。

我愣然，趕忙急推回去：『瞪爺，不要這樣啦！你忘了，我已經領過年終獎金了！』

瞪爺又推回來給我，半命令地說：『這又不是年終獎金！趕快收下！』

『那這是？』我不解。

『這是圓夢基金啦！可別說《溫暖．家》沒給妳溫暖喔！』

『瞪爺……』我感動得幾乎說不出話！

『好好出去走走，幫瞪爺多看一點風景。不然像瞪爺這樣年紀大了，冒險的勇氣就更小了。』

『嗯！』我大力點頭！

走到大門總機台，催姊一團和氣地迎上來，現在的催姊，摘去厚重的膠框眼鏡，衣服盡是柔和的粉色調，她不捨地簇擁著我說：『詠晴，幹嘛一定要跑那麼遠的地方去？一直待在《溫暖．家》不是很好？催姊以後不催妳稿子了。』

我沒答腔，只是微笑地給了催姊一個擁抱，緊緊、緊緊地！

轉身離開，我還沒走遠，卻聽見背後傳來催姊對瞪爺叨叨叮嚀：『露西的貓砂沒有了，晚上要記得買，還有水電費，趕快去辦轉帳啦！』

『好啦！好啦！不要再催啦！』瞪爺壓低了聲音。

我隱忍著笑意，原來，現在陪伴瞪爺除了露西，還多了催姊！催姊除了催稿，還要催瞪爺！哈！

瞪爺與催姊在《溫暖・家》雜誌社服務大半輩子，最後竟然擁有了溫暖的家！這是當初誰也始料未及的啊！

我沒有回頭，只是滿臉笑容地大步邁出了《溫暖・家》！心裡湧起一陣好溫暖、好溫暖的感覺！

《溫暖・家》果然變成一個名副其實的溫暖家了！

✽

出發前好多事情要忙，整理行李、確認行程、訂機票、退房租、一一告別、回台中家探望老爸老媽、到處吃餞別飯（又不是不回來）……

最重要的一場離別晚餐，當然是——阿達！

日期是出發前一天，地點是雞皮鄭重推薦的一家小小燒肉店，就在東區鬧市後面彎彎曲曲的小巷子裡。

這間燒肉店人潮絡繹不絕，生意極好，我和阿達遠遠走來，看見店門口或站或坐許多年輕人，一群群閒聊著在等候帶位。

我提早三天預定座位，但仍是站在門口等了十多分鐘。

輪到我們進場，小小一間三十坪左右的店面，擠得熱鬧滾滾，我懊悔沒想清楚，這最後一夜的晚餐，想像中應該要充滿優雅的情調。不過話又說回來，太有氣氛顯得離情依依，好似很哀戚，我也不想營造那樣悲傷的氣氛。

我和阿達兩個人擠在小小一張桌，桌面中央是烤盤，年輕有勁的服務員火速為我們點餐。這間店裡特別設立一位活潑外向的主持人，主持人像在說脫口秀一樣滿場旋飛、四處招呼，一邊拿著麥克風調查全店客人的用餐目的，一邊轉頭大聲為大家吆喝介紹，來自四面八方的陌生顧客此時都像是相熟八輩子的老朋友，全店氣氛熱鬧融洽到極點。

『第八桌、第八桌，請問先生小姐貴姓？』一不留神，主持人將麥克風鎖定我們。

『他姓張。我姓徐。』我老實回答。

『請問你們為什麼來用餐？你們在慶祝什麼？』

我和阿達對看了一眼，我一口回說：『慶祝我恢復自由身。』

『唉呀！原來是失戀啦！』主持人面露同情，拉高嗓門誇張地說。

咦？不，不是這樣的啦！我沒有失戀啊！

我想解釋，主持人卻搖搖手，自顧自地說著：『別難過！失戀就是下一段熱戀的開始！』然後主持人話鋒一轉，語帶曖昧地對阿達說：『這位先生，你可得眼明手快、抓緊機會啊！』阿達一愣，主持人再湊到阿達耳邊，竊竊私語：『沒關係，等會兒我會幫你！』

這怎麼回事啊？主持人會錯意啦！

喂！我指的是我辭職，恢復自由身啊！但主持人一個轉身，已經翩然飄到別桌去了！搞什麼啊！

阿達見我又緊張又窘迫的樣子，嗤嗤笑著。

時間一晃就到八點，八點沒什麼了不起，但是這間店的八點可是很了不得，所有人舉杯同聲大喊：『乾杯！』就可以獲得啤酒一杯！大家喝得暢快，微醺又微暈，就在這個時候，主持人高聲問著：『現在是什麼時間啊？』

『親・親・五・花・肉！』全場客人默契十足、異口同聲。

就是現在，只要任兩個人親親十秒鐘，可以免費獲得五花肉一盤！

霎時間，輕吻的、熱吻的、擁吻的、舌吻的，好多好多親親充斥在我們四周。

還有些客人故意發出誇張又戲劇化的吸吮聲，蝕骨銷魂！

我和阿達像兩隻呆頭鵝，傻傻愣愣地觀看。充滿在一大堆吻裡面的經驗我還是頭一次，要找阿達來這間店之前，雞皮可沒告訴我會有這樣的親親活動！

我望了一圈，眼神再度回到眼前的阿達，阿達眼中閃過一絲奇異的光芒，有點迷惑、有點納悶、有點……曖昧？

啊！該糟！

我的臉刷一下整個脹紅起來，不……不會吧？他該不會以為我……老天，我緊忙辯解：『不，不是這樣的，不是你想的那樣……』

『我想的怎樣？』

徐詠晴，妳真是一個徹頭徹尾、笨到不行的大‧笨‧蛋，全台北那麼多餐廳妳不去，幹嘛選什麼燒肉店啊……

這可是妳自己挑選的店耶！阿達誤會妳想跟他親親了啦！

這下跳到黃河都洗不清了！

『要親快親，親好離嘴！』主持人繼續高聲吆喝著，然後他蹦一下跳到我們身邊，直截了當地問：『你們親不親啊？』

『啊？我們……不不不不！』我趕緊拚命搖頭！

阿達猛灌啤酒，不敢答腔，我們兩個就這樣杵在這，一臉窘迫。

主持人給阿達使了一個眼神，然後他指著阿達，熱情有勁地問現場客人：『大家告訴我，眼前這位帥哥，帥不帥啊？』

『帥！』大家配合得真好！

『這位美女，美不美啊？』主持人指著我。

『美！』大家又是一陣狂喊。老天，我的臉再度飆紅！

『那……』主持人故作懸疑，『這兩位帥哥、美女，要不要親親啊？』主持人尖聲問著。

我抬起頭，不可思議地望著主持人，他……瘋了嗎？

『大家告訴我，帥哥美女要不要親親啊？』他揚起高昂的情緒，再問一次。

『要！』現場聲勢浩大。

『要？要什麼啊？』

『親親！親親！親親！親親！……』一陣陣起鬨澎湃洶湧，聲波如海嘯般朝我們猛烈襲來，現場全瘋了，越喊越激烈，越喊越大聲，簡直群情激昂到了極點！

我們兩個尷尬對望，阿達的眼睛瞪得比我還大！

『親不親？』在震耳欲聾的壓力下，阿達故作鎮定地問我。

『要親喔？』我不安回應。

他雙手一攤，一副隨便我的樣子。

我……親就親，怕什麼！

我把眼睛一閉、心一橫，將嘴巴高高嘟起，來吧！徐詠晴我天不怕、地不怕，還怕這輕輕一吻？

阿達的嘴就這樣……湊上來了！

我和阿達……我們……接吻了？

溫溫的、暖暖的，嗯……這就是阿達的嘴唇……

『十、九、八、七、六、五、四、三……』主持人帶領全場倒數。

十秒鐘，像一世紀，不，兩世紀，不，比一千萬光年還要悠長！

『三、三又二分之一、二、二又二分之一、一！』

我就知道會玩這種把戲！主持人我恨你！

『恭喜你們得到親親五花肉！』全場歡聲雷動。

阿達的嘴唇慢慢離開了我的嘴唇。

忽而我又覺得，一萬光年還是不夠悠長。我偷瞥了他一眼，阿達笑得好燦爛，這是在笑我？笑他？還是笑我們的舉動？

此時，主持人湊過來，又給阿達使了一個眼色，那眼神是在邀功，自以為幫了好大一個忙呢！

現場又切換到吃吃喝喝的狀態，好像剛才的喧鬧只是一個電視頻道，轉過去就沒了。『乾啦乾啦！』的聲音此起彼落，老天！我的心臟已經休克又復活，這個世界怎麼可以繼續轉動？

離開燒肉店，我們漫步在敦化南路上，我的腦袋亂烘烘，離情依依加上千言萬語加上心兒怦怦，我低低垂著頭，難掩笑意，卻又吐不出一句話。

阿達也是，原本話就不多的他，如今更是安靜。

他不提剛剛的親親活動。

我也不敢。

兩人悶不吭聲地走了好長好長的路，綠燈走、紅燈停，星光燦爛，燈火輝煌。

然後，我先開口了，『一直沒有問你，為什麼你的ＭＳＮ暱稱是達達馬蹄？』

『因為……』阿達正要說，我打斷他：『等等、等等，是因為鄭愁予的詩吧！我會背，拜託，請讓我背這首唯一背得出來的詩……』我哀求。

我清清喉嚨，極有感情地緩緩背誦：

『我打江南走過，
那等在季節裡的容顏如蓮花般開落……
東風不來，三月的柳絮不飛
你底心如小小的寂寞的城
恰若青石的街道向晚
跫音不響，三月的春帷不揭
你底心是小小的窗扉緊掩
我達達的馬蹄是美麗的錯誤，
我不是歸人，是個過客。』

自己唸完，自己好陶醉，『這是我們青春時期都會背的詩啊！啊！好遙遠的青春喔！』我不禁感嘆。

『我不會。』阿達心平氣和地打斷我。

『不會什麼？』我納悶。

『我就不會背這首詩。』

『咦？你不是因為這首詩才叫達達馬蹄嗎？』

『不是。』阿達誠實的否認。

『那不然？』

他尷尬地笑了笑，頗不好意思地解釋：『我沒有那麼詩意啦！其實是小時候有一次我爸帶我到青年公園玩，那天正好有騎馬活動，我不乖，自己跑去要摸小馬，結果被小馬的馬蹄輕輕踢了一下，心有餘悸……』

『原來是這樣！』隨即我想起自己的災難記憶，興奮搶話：『我小時候也在青年公園被一隻山羊踩了一腳耶！害我的腳趾瘀青很久，長大以後連羊肉爐都不敢吃。好糗好糗喔！』我惺惺相惜地望著阿達，原來阿達和我有過一樣的命運！

『妳好糗的事跡真不少。』他調侃我。

『啊！你在指那場歌唱比賽嗎？』我登時紅了臉，那可是我和阿達初次見面呢！

『當然記得。』

『好奇怪喔！當時那麼喜歡才子學長，那麼有勇氣，現在想起來卻只是一抹淡淡的回憶，什麼驚天動地的感覺也沒有。這就是初戀啊！』忽然我想到什麼，撇過頭，瞇著眼睛審視他，問：『阿達，你的初戀情人到底是誰啊？你幫我伴奏的時候，已經有喜歡的人了嗎？』

阿達忽然停下腳步，若有所思地看著我，悶悶地，眼神好怪異，我心裡有些受驚，莫非問了不該問的問題？

『不能問嗎？』我怯怯問著。

阿達沒回答，低著頭，表情越來越彆扭。

完了，完了！

我又說錯話了，該不會有一個很灑狗血的初戀故事吧？

像是：女主角得了不治之症，血癌胃癌還是紅斑性狼瘡？……

或是：和親哥哥愛上同一個人？（不對，他沒有哥哥。）

相愛之後才發現是同父異母的親妹妹？（也不對，他應該只有姊姊。）

還是：女主角死了，但竟然出現長得一模一樣的雙胞胎妹妹？

老天，我不敢再想下去了，阿達好可憐喔！我掩著臉，不要不要！

我趕忙說：『阿達，沒關係，你不用告訴我，我只是隨口問問，真的，我沒有要知道……』

阿達深深吸了一口氣，好似鼓起很大的勇氣，準備要和盤托出，天啊，他真的要告訴我了，我還不能承受這樣悲慘的故事……我忙揮著手：『阿達你不用……』

『她唱歌很難聽，』阿達打斷我的話，認真而平穩地說著：『大概是我聽過世界上最難聽的歌聲。』

咦？

『不太聰明……嗯，不，是很蠢。』

啊？

『肉肉的，勉強一點可以算中等美女，到現在還有嬰兒肥……』

什麼？

我狐疑地望著他，阿達眼神對上我，我們四目相對，他深深地望著我，深情說著：『不過，她很自然、很坦率、很真誠、很溫暖……』

我的心跳不知道為什麼越來越快、越來越快……瞳孔也開始放大，越來越大、越來越大……

『我認識她好多年了，直到今天晚上才和她有第一次親密接觸……』

不……會……吧？

阿達柔情凝望著我，目光灼灼，深深地，一動也不動。

『什麼時候發生的事？』我又驚又喜又羞，低下頭，吞吞吐吐問著。

『幫妳伴奏那一次。』

『我怎麼都不知道？……』

『因為妳眼裡只有吉他社社長。』

『可是你什麼也沒對我說……』

『那時候我家裡發生很多事情，我處在自己的彆扭期，很沒自信。』

『後來呢？』

『後來我在吉他社試著接近妳，但是妳渾然無覺……』

『後來呢？』我的頭越來越低，越來越無力。

『後來我就忙著打工、獨立生活、準備聯考，吉他社也不去了。一直到我們在手機店不期而遇，我一眼就認出妳來了。』

『已經隔了十多年耶！』

『我也很訝異，沒想到還會遇見妳，而且還一眼就認出妳，妳沒什麼改變……』他笑了出來，然後整張臉忽然脹紅起來，『那天不知道為什麼竟然會覺得緊張！』

緊張？阿達總是一臉不在乎的樣子，我從來不知道他會緊張！

『我故作鎮定，但還是在慌亂中拿錯了妳的手機……』

『啊！原來是這樣！原來是這樣！我們的手機竟然是這樣搞錯的！』我捶著手，恍然大悟！

這一切是這樣發生的啊！

他暗戀我，但沒有說明，我們各奔東西，多年後相遇，好巧不巧買了一樣的手機，然後我們錯拿了對方的手機，又再度聯繫……這中間已經相隔十多年悠悠的歲月……

原來是這樣！

原來是這樣！

想通了來龍去脈，不由得悲從中來，我爆哭了出來，『嗚……怎麼會是這樣？嗚……怎麼可以是這樣？』

老天爺，我……我氣死你了……

原來我生命中的另一半，早就出現了！竟然在那麼久、那麼久以前，阿達就已經出發，走在與我相遇的路上……

老天爺，你為什麼讓他走那麼久？臭阿達，你為什麼讓我等這麼久？

你為什麼走路慢吞吞？說話慢吞吞？表達慢吞吞？

為什麼、為什麼、為什麼會這樣？

好不容易他達達的馬蹄不是過客，可是我已經即將遠行……

這是不是又是一個美麗的錯誤？

『哇！』我大哭了起來，完全不顧形象，坐在路邊花台上痛哭流涕：『我都已經要飛走了，明天就要飛走了，哇！』

『詠晴，詠晴……妳不要哭啊！』阿達在一旁完全手足無措，慌忙安撫我，『別這麼難過，妳又不是不回來！地球是圓的嘛！』

我無力回答，只是使勁地哭、發狂地哭，我討厭老天爺！

討厭巧合！

討厭陰錯陽差！

阿達一定不明瞭，為什麼他表明了心意以後，我反而難過得嚎啕大哭。

出國前的最後一夜，月光迷人，春風怡人，夜色醉人，但是有一個惱人的我，在心愛的阿達面前，哭成一個超級無敵醜八怪！

嗚……

12

終於，徐詠晴我，目前在三萬五千英尺上，正朝向世界上最溫暖的陽光飛去！

飛機已經起飛五個小時，用完晚餐、放完一部電影。

黑暗的機艙裡，嗡嗡的聲音籠罩耳邊，我睡不著，心裡始終好激動，連前面大胖子的鼾聲聽起來都格外悅耳。

我坐在35G，是中間四個位置裡靠右邊走道的那一個。今天班機未滿，我左邊兩個位置都是空的，我因此多了一些伸展空間，簡直不輸給頭等艙，心裡好感恩。

出發前，我回了一趟台中。

老媽又叮嚀又不捨，嘮嘮叨叨個沒完。從氣候變化、交通運輸、飲食衛生、人身安全、醫療保險，全都叮嚀了一遍，幫我準備的東西更是琳瑯滿目。

『媽，國外什麼都買得到，不需要準備這麼多啦！』我一邊說，一邊把不需要帶的東西拿出來，忽然我翻到一個奇怪的、硬硬的東西，我一把抽出，赫然發現竟是一罐罐頭。

『這是……貓罐頭？媽，妳給我帶貓罐頭幹嘛啊？』

『也許妳在國外會看到流浪貓……』

『吼！媽……不需要啦！我行李塞不下了啦！』

這時，老媽忽然從口袋裡變出一個東西，硬塞給我，說：『好啦！那這個一定需要的啦！』

我低頭一看，竟是一個紅包袋！打開來，裡面赫然是兩千塊美金！

『這可是妳媽存了很久很久的私房錢喔！』老媽忍痛說著。

老媽，我愛妳！

老爸盤坐在客廳地板上，拼著我新買給他的兩千片拼圖，對於我的遠行，老爸如常冷靜。

我過去偎著他，撒嬌地說：『爸！我始終看不懂你的拼圖……』

老爸低著一邊拼著拼圖，一邊緩緩地說著：『拼圖是這樣的，一開始很困難，沒有規則邏輯，亂七八糟，不知道哪一塊該歸放在哪一個位置上，只有一片一片小心仔細的嘗試……慢慢完成兩三成之後，圖像開始有了頭緒，就會越拼越快速。因為能歸位的拼圖多了，未歸位的拼圖就少了。』老爸意味深長地看著我，繼續說：『漸漸地，每一塊拼圖該去什麼地方，也就清楚多了。』

我望著老爸，內心湧起一陣暖意。老爸輕輕笑著，和藹地對我說：『詠晴啊！辭了工作也沒關係，沒有目標的流浪也很好，每一個選擇，都像是一塊拼圖，一個選擇、一個選擇的慢慢完成後，人生的圖像，也就慢慢清晰了。』

老爸，我愛你！

離開前，Wednesday送給我一張卡片，原來是她在清靜農場木屋咖啡館裡寫的許願卡。我打開來看，看見上面整齊寫著『耶誕快樂』四個字。

『耶誕快樂？』我不解地望著她。

『我要許的願望是耶誕快樂，因為那是我從童年就一直希望的。』

『那為什麼不掛在許願樹上？反而要送給我？』

『因為……今年的耶誕，我很快樂，所以，這個願望已經實現了；既然已經實現了，就不需要掛在許願樹上了。』過了一會，Wednesday感性地對我說：『謝謝妳，給了我一個溫暖快樂的耶誕節！』

我將她摟進懷裡不放，久久，久久。

Wednesday忽然問我：『詠晴，妳有沒有想過，有些時候妳一心想要尋找的東西，也許妳早就已經擁有？』

『什麼意思？』我不懂。

『妳啊！妳就是那個最溫暖的陽光，何必還要跑到那麼遙遠的地方去尋找？』

我？我就是最溫暖的陽光？

Wednesday不加思索地點頭，說：『妳・就・是！』

我幾乎要哭了！

『房間我幫妳留著，我不再招新房客了！我等妳回來！』Wednesday和我打勾勾。

Wednesday，我愛妳！

雪莉和品雄的關係一直讓我霧裡看花。雪莉告訴我，有一次她對品雄說：『品雄，雖然你一直讓我很感動，不過，感動不是愛。』

品雄很真誠地回答：『但是只有愛才能一直給妳感動。』

雪莉被打動了，她願意重新感受這個一直守候在她身邊的男人。

『還有，妳絕對不相信。』雪莉神秘兮兮地說。

『相信什麼？』

『妳知道品雄的媽媽叫什麼名字嗎？』

『什麼名字？』

雪莉招招手，示意我靠近她，然後她一個字一個字認真吐著：『蔡・麗・花！』

『什麼？』我瞪大了眼睛！天底下竟然有這種不可思議的巧合！

『品雄的媽跟妳一樣的名字？』

雪莉點點頭，笑吟吟地說：『妳看，這是不是老天爺冥冥中的安排呢？』雪莉和我一起大喊著：

老天爺，我愛你！

阿達呢？

阿達送我到中正機場，陪我辦理登機手續，為我拖拉行李箱，而他的另一隻手，你知道在哪裡嗎？嘻嘻，嘻嘻，就在我的手裡！

站在海關入口處，阿達摸摸我的頭，交代我一路要注意安全。

『別忘了，地球是圓的！』他笑笑地說。

沒錯！地球是圓的！

繞了地球一大圈，終點我還是要飛回你身邊！

阿達，阿達！

阿達，我‧愛‧你！

那麼，你好奇坐在飛機上的我，我的目的地是哪裡嗎？

出發前，我曾經仔細認真思索，這世界上最溫暖的陽光到底會出現在哪裡呢？

是火山？

是沙漠？

還是熱帶雨林？

不不不。

我覺得，所謂最溫暖的陽光，應該會出現在極寒冷的地方。

身處冰天雪地的地方，只要一絲絲陽光，就會覺得十分溫暖。

所以，你猜出我要去的目的地了嗎？

北極！

我即將前往世界的頂端，一個叫做貝羅Barrow的小城鎮。貝羅位在北極圈的北方三百五十哩，是全美國最北、最偏遠的城市，擁有全世界最大的愛斯基摩聚落。

聽說貝羅的夏季會有連續八十二天日光不落的時光。

我打算在這個冰寒極地，好好感受黎明的第一道曙光，感受那溫暖的瞬間。

然後，慢慢地，當貝羅的日子進入永晝，我生命中將擁有一段記憶，屬於永恆的晴日。

我的膽子很小、個性懦弱、缺點一堆、毛病不少，但我為自己的勇氣感到喝采。三十歲了才初次嘗試超過十個小時的長途飛行，前往遙遠陌生的國度，我心裡其實怕得要命！

也許旅途上困難重重，也許流浪要吃盡苦頭，也許最後並不如我想像中美好，但我告訴自己，徐詠晴，別怕！**無論如何糟，今天天氣晴！**

就這樣勇氣十足地展開徐詠晴的『晴日之旅』吧！

等我再度飛回來的時候，也許徐詠晴已經蛻變成一個內斂穩重的熟女，走起路來抬頭挺胸，『沒完沒了多重思考症候群』也不藥痊癒，從此明快果決，大刀闊斧……

當然也可能我再飛回來的時候，什麼也沒改變，地球一樣運轉，日升月落沒有拖延，花開花落如常來去。

但我什麼也不要多想，只要手中握著一個遠方的希望，朝著前方大步邁進，我相信一定會有溫暖的光亮在等著我！

再見了，我的老媽、老爸，我親愛的朋友。

再見了，我出生的台中，我生活的台北，我最愛的台灣。

再見了，親愛的阿達，為了你，我可是不會嫁給愛斯基摩人喔！

《後記》

他們告訴我……

有些時候，難免覺得自己脆弱，要生病、要失眠、要迷惘、要處理胡思亂想、要敏感人世蒼涼、要苦笑要瘋狂要哭鬧。

每當這些時候，憨直的品雄會走過來拍拍我：『努力啊！一直努力就會看見成果。』

Wednesday酷酷地丟給我一本笛卡兒的書：『妳寫，所以妳存在。』

詠晴的爸鼓勵我：『就像拼圖啊，一定要耐足性子，慢慢拼、慢慢湊，才能看到美麗的畫面。』

嬌媚的伊雪莉對我說：『別怕，老天爺冥冥中自有安排。』隨即她神秘兮兮：『要不然，我幫妳問個塔羅牌？』

最感動的，莫過於徐詠晴，她從遙遠的貝羅小鎮寄了張明信片給我，娟秀的字跡寫著：『我將北極的星光寄給妳，照亮妳前方未知的路！』

好溫暖！好溫暖！

因為擁有這麼多溫暖的力量，於是在每一個糟透了的深夜過後，我在晨曦中推開窗，忍不住漾起笑容，活力十足高聲呼喊：無論如何糟，今天天氣晴！

這是徐詠晴的座右銘，我將它送給你，但願你時時保有歌詠晴天的好心情，不管陰天、雨天、颱風天，心裡面永遠有陽光普照、晴日溫暖。
這是我所能給你，最溫暖的祝福！

初稿完成於2007/01/21 凌晨02:20
修訂完成於2008/01/18 早上10:00
最終定稿於2008/04/30 午後02:43

愛在世界開始的地方——墨西哥漂流記

劉中薇◎文‧攝影

決定去墨西哥，是我一時興起的念頭。
太陽金字塔上，四兄妹純樸的友誼之箭讓我落淚；
波伊波拉天使小城裡，
和墨西哥朋友圍坐在露天中庭唱著歌、『沙嚕』的乾杯；
廣場上的奧運選手里歐告訴我，人生要向前看，不要回頭……
每個以為無關的陌生人，都將以一種無可預料的姿態，
與我們的人生交會，迸發出光亮。
『當你擁有一個墨西哥朋友，你在墨西哥就擁有一個家。』
我何其有幸，在墨西哥擁有了無數的家，
世界，也許沒有想像中的遙遠……

國家圖書館出版品預行編目資料

今天天氣晴 / 劉中薇著.--初版.--臺北市：皇冠文化. 2008〔民97〕.06
面；公分（皇冠叢書；第3745種）
（JOY；97）
ISBN 978-957-33-2438-6（平裝）

857.7 97010624

皇冠叢書第3745種
JOY 97
今天天氣晴
作　　者—劉中薇
發 行 人—平雲
出版發行—皇冠文化出版有限公司
台北市敦化北路120巷50號
電話◎02-2716-8888
郵撥帳號◎15261516號
皇冠出版社(香港)有限公司
香港灣仔駱克道93-107號利臨大廈1樓
電話◎2529-1778　傳真◎2527-0904
出版統籌—盧春旭
責任編輯—葉青凰
美術設計—王瓊瑤
行銷企劃—周慧真
印　　務—林佳燕
校　　對—陳秀雲・劉素芬・葉青凰
著作完成日期—2007年
初版一刷日期—2008年6月

法律顧問—王惠光律師

讀者服務傳真專線◎02-27150507
電腦編號◎406097
ISBN◎978-957-33-2438-6
Printed in Taiwan
本書定價◎新台幣220元/港幣73元